Manfred Eichhorn
Die Zukunft war schön

Manfred Eichhorn

Die Zukunft war schön

Eine schwäbische Kindheit

Geschichten

Silberburg-Verlag

Meinen Geschwistern

1 2 3 4 5 07 06 05 04 03

Umschlaggestaltung: Frank Butzer, Tübingen.
Druck: Maisch + Queck, Gerlingen.
Printed in Germany.

ISBN 3-87407-561-3

Inhalt

Neujahr

Meine Mutter nahm den alten Abreißkalender von der Wand und riss, der Ordnung halber, auch den 31. Dezember noch ab. Die Tageslosung auf der Rückseite: »Lieber reich ond gsond als arm ond krank« entlockte ihr ein Schmunzeln. Da der neue Kalender dasselbe Format hatte, musste kein neuer Platz für ihn gefunden werden. Auch er war wieder eine Jahresgabe der Metzgerei Prenkart gewesen. Der dicke Kalenderblock, an dem noch kein einziges Blatt fehlte, machte mich ehrfürchtig.

Das Jahr schien so unberührt wie der Schnee draußen, der über Nacht gefallen war. Während meine Mutter den Tag mit guten Vorsätzen begann, lag mein Vater noch im Bett und las einen Wildwestroman. Ab und zu legte er das Romanheft beiseite und schaute über die Brille hinweg aus dem Fenster, um den Neuschnee auf Eisenlauers Hausdach zu betrachten. Während mein Vater dabei traurig dreinschaute, weil er vielleicht wieder an den Krieg dachte, obwohl der lange vorbei war, freute ich mich auf die Zukunft. Vielleicht wusste mein Vater auch nicht, wie schön die Zukunft damals war. Er verkroch sich deshalb schnell wieder in sein Wildwestheft. Dort, so schien es, war das Leben noch geradlinig und unkompliziert.

Außerdem hatte mein Vater Kopfweh. Als Grund gab er die Silvesterbowle an, die er gestern getrunken hatte. Er rauchte eine Zigarette, ohne dass das Kopfweh davon besser wurde. Dennoch lächelte er ein paar Augenblicke später, vielleicht hatte der Sheriff wieder ein Duell gewonnen oder einen Pferdedieb gefangen. Vielleicht freute es meinen Vater auch, dass das Saarland, wie er sagte, ab heute wieder zu uns gehörte.

Meine Mutter rief ihn zum Frühstück. Am Tisch saß bereits meine Großmutter Amalie. Ihr erster Satz im neuen Jahr war: »Kaffee, mein Leben«. Es schien mir ein gutes Omen zu sein, dass die Welt um mich herum sich über Nacht nicht verändert hatte. Mein Bruder Reinhold saß daneben und zeigte mir stolz drei Knallfrösche, die er ins neue Jahr hatte hinüberretten können.

Später kam mein Bruder Karlheinz dazu. Er hatte mit seinen Aposteln Silvester gefeiert. Bevor er ins Bett gegangen war, hatte er wieder über den Rosenstock gekotzt. Meine Mutter machte ihm ernsthafte Vorwürfe. Um davon abzulenken, redete mein Bruder jetzt auch vom Saarland, das als zehntes Land in die Bundesrepublik eingegliedert wurde. Er wusste auch, dass die Österreicher ab heute nun täglich, außer dienstags, fernsehen konnten. Spätestens zur nächsten Olympiade wollte auch er einen Fernseher besitzen.

Weil an diesem Neujahrstag Frühstück und Mittagessen nah beieinander lagen, blieb meine Großmutter gleich am Tisch sitzen, um auf die Nudelsuppe zu warten. Als es so weit war, begrüßte sie die Nudelsuppe nicht ganz so überschwänglich wie den Kaffee, ließ sich aber zu der Bemerkung »Dia ma'ne«, zu Deutsch: »Die mag ich«, hinreißen. Zudem war ihr die Suppe eine der drei Episoden wert, die sie im Repertoire hatte. Diesmal erzählte sie jene, in welcher sie statt Amerika Amrika gesagt hatte, worauf sie vom Lehrer zurechtgewiesen worden war: »Schafskopf, sitz na!« Mit dieser Pointe erfuhr die Episode ihr abruptes Ende. Als meine Großmutter dann übergangslos Ludwig Uhlands Ballade »Schwäbische Kunde« rezitieren wollte, wurde sie noch vor der sechsten Zeile von meiner Mutter ermahnt: »D'Supp wird kalt«.

Umgehend griff meine Großmutter jetzt zu Löffel und Gabel und widmete sich ganz der Suppe. Dass sie die Nudeln stets mit der Gabel auf den Löffel bugsierte, hat mich lange beschäftigt.

Nach dem Mittagessen stand meine Cousine Renate mit ihrem Schlitten im Garten. Sie rief nach meinem Bruder Reinhold, der eigentlich mit meiner Großmutter gleich auf den Nachmittagskaffee warten wollte, sich jetzt aber doch zum Schlittenfahren überreden ließ. Ich zog mir, mit einem Glücksgefühl, die lange Baumwollunterhose drunter. Schon damals dachte ich, lange Baumwollunterhosen gehören zu den ganz großen Errungenschaften unserer Zeit. Die über die Oberschenkel reichenden Kratzstrümpfe, noch im letzten Winter ein beliebtes Foltergerät meiner Mutter, gehörten jedenfalls der Vergangenheit an, so wie das Mittelalter oder die Zeit der Christenverfolgung.

Unterwegs zum Fallenstock überholten wir die Wachter Hedwig. Sie war voller guter Vorsätze. Dennoch hatte sie ihre Puppe mitgenommen. Allein traute sie sich noch immer nicht auf den steilen Abhang. Die Puppe, die sie auf den Schlitten gesetzt hatte, purzelte aber immer wieder in den Schnee, ein Umstand, der die Wegstrecke zweifellos verlängern konnte.

Mein Bruder Reinhold und meine Cousine Renate teilten sich einen Schlitten und die damit verbundenen Rechte und Pflichten. Auf dem Weg zum Fallenstock musste mein Bruder den Schlitten ziehen, denn als Mädchen hatte meine Cousine Renate das

Recht, gezogen zu werden. Bei den Abfahrten saß mein Bruder hinten auf dem Schlitten und lenkte, meine Cousine bekam den Wind ins Gesicht und kreischte. Anschließend durfte mein Bruder Reinhold den Schlitten wieder den Abhang hochziehen.

Auch die Spreng-Zwillinge teilten sich einen Schlitten. Ob sie immer in gleicher Formation saßen oder aber sich abwechselten, war nicht zu erkennen. Bei jeder Fahrt versuchten sie, mit irgendeinem anderen Schlitten zu kollidieren.

Mit der Zeit schaute mein Bruder Reinhold bei jeder Abfahrt immer gequälter drein. Er fürchtete, den Nachmittagskaffee zu versäumen. Als er sich verabschieden wollte, kam die Wachter Hedwig endlich am Fallenstock an. Die Puppe hielt sie jetzt im Arm. Obwohl sie nur den flachen Abhang hinunterfuhr, geriet ihre Abfahrt zur Mutprobe. Lautstark forderte sie von ihrer Puppe sich festzuhalten.

Weil ich der Wachter Hedwig imponieren wollte, nahm ich jetzt sogar vor der steilsten Stelle des Fallenstocks noch Anlauf. Die Fahrt war entsprechend rasant. Unten aber vergaß ich zu bremsen und steuerte den Schlitten geradewegs ins Bläle, einen kleinen Nebenfluss der Blau.

Die Spreng-Zwillinge lachten sich tot. Mein Bruder Reinhold lud mich sogleich auf seinen Schlitten und brachte mich nach Hause. Ob aus Fürsorge oder weil er die Gelegenheit wahrnehmen wollte, nun doch noch pünktlich zum Kaffee daheim zu sein, blieb offen. Er war aber sichtlich froh, dass unsere Großmutter noch am Tisch saß, bei seinem Eintritt die Tasse hob und sagte: »Kaffee, mein Leben.«

Ich stand wie festgefroren da. Meine Mutter befreite mich von den nassen Kleidern und wickelte mich in eine Decke. Erst jetzt spürte ich den Schmerz, den die Kälte mir bereitete. Da ich seinerzeit noch nicht wusste, dass ich einmal Winnetou sein würde, konnte ich unbeschwert losheulen. Mein Vater hatte Mitleid und las mir vor, wie man einen Pferdedieb hängte.

Mein Bruder Karlheinz war trotz meines Zustandes schon wieder auf dem Absprung zu seinen Freunden. Obwohl sie Apostel waren, wollten sie das Neujahrsfest nach römischem Brauch mit einem großen Ess- und Trinkgelage begehen.

Meine Mutter dachte an den Rosenstock und schimpfte im Voraus.

Zum Abendessen gab es für mich heißen Kakao. Meine Großmutter saß noch immer am Tisch, als wäre sie Teil eines Stilllebens, das keinerlei Änderungen akzeptierte.

Dichter werden

Obwohl mein Großvater ein Eisenbahner war, also einen Beruf hatte, den auch spätere Generationen noch für erstrebenswert hielten, war ich mir bereits sicher, nicht in seine Fußstapfen treten zu wollen. Vielmehr bewunderte ich den Herrn Arnold, der an der Endhaltestelle unserer Straßenbahnlinie eine Leihbücherei betrieb. Inhaber einer solchen Bücherei zu sein, hielt ich für das Erstrebenswerteste überhaupt.

Als ich in die dritte Klasse kam, fasste ich jedoch den vagen Entschluss ein Dichter zu werden. Noch am selben Tag verfasste ich ein erstes Gedicht. Es bestand aus sechs Zeilen und ging so:

Als ich mich zur Ruhe legte,
wusste ich nicht, ob ich morgen noch lebte.
Ich hatte mich ins Bett gelegt
und betete mein Nachtgebet.
Ich konnte nicht schlafen – o nein, o nein.
Ich musste immer dran denken, werde ich morgen noch sein.

Inspiriert durch meinen Bruder Karlheinz, der am Abend zuvor von den Fliegerangriffen erzählt hatte, überschrieb ich das Gedicht »Angst in den Bombennächten«.

Mein Bruder Reinhold meinte jedoch, ich hätte nicht das Recht dazu, das Gedicht so zu nennen, weil ich, genau wie er, damals noch nicht auf der Welt gewesen sei. Er meinte außerdem, der Schlamper-Dackel hätte eher ein Recht, so ein Gedicht zu schreiben, weil der Schlamper-Dackel damals nicht nur schon auf der Welt war, sondern am Kriegsgeschehen selbst regen Anteil gehabt hatte. Bei jedem Fliegerangriff war er schon vor dem Anflug der feindlichen Bomber warnend in den nahen Roten-Berg-Wald geflohen.

Das Argument meines Bruders stimmte mich sofort nachdenklich. In diesem Augenblick neidete ich dem Schlamper-Dackel seine Vergangenheit, gleichzeitig hasste ich meinen Bruder Reinhold, der schon jetzt meine Dichter-Laufbahn sabotierte. Damals lernte ich, dass man auch als Dichter stets zu Kompromissen bereit sein musste. So ließ ich das Gedicht, wie es war, änderte aber den Titel: »Angst in den Gewitternächten« hieß es nun, auch wenn es dadurch, wie ich fand, an Wirkung verlor.

Außer meiner Großmutter Amalie hatte niemand wirklich Angst bei Gewitter, auch nicht, nachdem in der Ackerstraße ein Blitz den Schornstein von Küblers Haus weggerissen hatte. Meine Großmutter saß bei Gewitter, selbst wenn es mitten in der Nacht war, stets angezogen am Tisch, um mit einem leisen Bittgebet das drohende Unheil noch abzuwehren. Zwischen ihre Beine hatte sie einen kleinen Koffer mit dem Notwendigsten geklemmt, für den Fall, dass ihre Bittgebete nicht erhört wurden.

Ich entschloss mich, das Gedicht meiner Großmutter zu widmen. Die Widmungszeile verlieh meiner Poesie Gewicht. Außerdem hoffte ich, meine Großmutter würde das Gedicht auswendig lernen. Dann hätte sie außer den ersten sechs Zeilen von Ludwig Uhlands Schwäbischer Kunde noch etwas, was sie vortragen könnte.

Meiner Mutter gefiel das Gedicht auf Anhieb. Sie schlug mir vor, es an die Kundenzeitung der Metzgerei Prenkart zu schicken, weil auch dort hin und wieder Gedichte abgedruckt wären.

So verlockend der Vorschlag auch klang, einer derartigen Öffentlichkeit fühlte ich mich noch nicht gewachsen. Lange Zeit blieb dieses Gedicht deshalb das einzige. Dass meine Großmutter es nicht in ihr Repertoire aufnahm und weiterhin nur »Als Kaiser Rotbart lobesam, ins heilige Land gezogen kam« rezitierte, bestätigte zwar wieder einmal das Vorurteil, der Prophet gelte nirgendwo weniger denn im eigenen Hause, war aber nicht der Grund, warum ich zunächst überhaupt nicht mehr dichtete und später zum Roman überwechselte. War es Lichtenbergs Erkenntnis: »Die meisten Poeten kommen erst nach ihrem Tode zur Welt«? Oder wollte ich mein Innerstes der Welt nicht mehr preisgeben, die Erregtheit einer Stimmung für mich behalten?

Ich schaute meine Großmutter Amalie an, die ein Stück Hefezopf in den Kaffee tauchte und nach dem letzten Schluck Kaffee mit der Schwäbischen Kunde begann, und wusste nur, dass ich keine Gedichte mehr schreiben wollte.

Immerhin hatte ich inzwischen »Durch die Wüste« und »Winnetou I« gelesen. Ein Grund, warum ich mich mehr und mehr zum Reiseschriftsteller berufen fühlte. Weil ich Karl May nicht ins Gehege kommen wollte, der Amerika und den Orient bereits besetzt hielt, wählte ich Afrika als Handlungsort meiner ersten Reiseerzählung.

Gleich nach dem Essen fand ich im Schulatlas einen Fluss mit Namen Oranje, der mir zusagte. Fortan grübelte ich über den ersten Satz nach, ehe ich mich für folgenden entschied: »Drei Wochen fuhren wir bereits auf dem Oranje«. Ich schrieb ihn in Schönschrift in ein liniertes, noch vollkommen unbeflecktes Schulheft. Den ganzen Nachmittag starrte ich stolz auf diesen ersten Satz. Mein Roman hatte einen Anfang. Ich hatte die Schwelle zu ihm überschritten. Jetzt konnte meine Großmutter rezitieren, was sie wollte, es störte mich nicht.

Am folgenden Nachmittag überlegte ich angestrengt, warum wir bereits drei Wochen auf diesem Fluss, der Oranje hieß, herumtrieben. Einen triftigen Grund fand ich aber nicht. Ich hatte auch keine Ahnung, was in den letzten drei Wochen auf diesem Schiff alles passiert war, noch davon, was künftig eventuell passieren könnte. Schließlich war ich mir noch im Unklaren, ob es überhaupt ein Schiff war, auf dem wir fuhren. Vielleicht war es ja nur ein Kahn oder ein Boot? Und wenn es doch ein Schiff war, war es ein Segelschiff oder ein Dampfer? Eine Fähre vielleicht? Oder sollte ich dieses unwesentliche Detail der Phantasie meiner Leser überlassen, um mich ganz der Handlung zu widmen?

Ich dachte an Flusspiraten, merkte aber gleich, dass auch dieses Thema bereits besetzt war. Und dann dachte ich an Herrn Arnold und an seine Leihbücherei an der Endhaltestelle unserer Straßenbahnlinie.

Dort, so wusste ich, würde ich auf alle meine Fragen eine Antwort erhalten.

Der gute Ton

Zur Verlobung bekam meine Schwester Suse den praktischen Ratgeber von Dr. Gertrud Oheim »Das Einmaleins des guten Tons«. Vermutlich hatte Tante Cilly ihn ihr geschenkt, aber ich bin mir nicht sicher, vielleicht war es ein Vorschlagsband des Leserings, dem meine Mutter angehörte. Sie vergaß aber häufig zu bestellen, was ihr eine ganze Reihe unverlangter Vorschlagsbände einbrachte.

Der Band von Dr. Gertrud Oheim war vielleicht einer davon. Er lag auf jeden Fall auf dem Gabentisch, neben einem Satz Stoffservietten mit eingesticktem Monogramm, einem gelben Frotteehandtuch, sechs Abtrockentüchern, zweifarbig rot und blau, einem Tablett mit Mokkatassen, sechs Cognac-Schwenkern, einem Zinnteller mit dem Ulmer Münster drauf und anderen sinnvollen Geschenken, die unter die Rubrik Aussteuer fallen.

Während der Bachner Siegfried die Cognac-Schwenker und meine Mutter die Abtrockentücher näher in Augenschein nahm, blieb »Das Einmaleins des guten Tons« weitgehend unbeachtet liegen, weil sich auch meine Schwester mehr zu den Servietten mit dem neuen Monogramm, ein zierlich geschlungenes SB, hingezogen fühlte.

Entrückt betrachtete sie dieses Monogramm, was sowohl Suse wie auch Siegfried Bachner heißen konnte. Dass selbst im Monogramm eine Übereinstimmung herrschte, entlockte ihr ein zufriedenes, wenn nicht gar selbstgerechtes Lächeln.

Bald brachte meine Mutter die Bowle, verteilte Gläser und kleine Löffelchen und schöpfte jedem sein Glas voll. Meinem Bruder Reinhold und mir verweigerte sie jedoch den winzigsten Schluck, worauf sich mein Bruder auf die Salzstangen stürzte, ich mir dagegen schmollend das Buch von Dr. Gertrud Oheim vom Gabentisch schnappte und mich damit in die äußerste Sofaecke zurückzog.

Über das Bowleglas hinweg schaute mein Vater mir neidisch zu, wie ich las. Auch wenn er eine andere Lektüre vorzog, hätte er jetzt gerne mit mir getauscht.

Kuchen, Torten und Gebäck werden von links angeboten, der Suppenteller wird jedoch, wenn er nicht, wie es im kleinen Kreis geschieht, von Hand zu Hand gereicht wird, von rechts vor den Gast gestellt.

Gelangweilt ließ ich die Seiten durch meine Finger gleiten.

Mein Vater hob sein Glas und trank auf das Verlobungspaar.

Nach Frau Dr. Gertrud Oheim hätte er jetzt eine Rede halten müssen. Aber er schwieg. Stattdessen erzählte Siegfried, wie er beim letzten Handball-Spiel kurz vor Schluss einen Siebenmeter verworfen hat. Siegfrieds Mutter erzählte gleichzeitig meiner Großmutter Amalie, dass sie es nicht leicht gehabt hatte nach dem verlorenen Krieg, fast mittellos und ohne Mann.

Es ist taktlos, einer jungen Dame Strümpfe als Geschenk zu geben.

Mein künftiger Schwager Siegfried hatte meiner Schwester Suse einen Blumenstrauß mitgebracht und meiner Mutter einen Ballenstock. Ohne das Buch gelesen zu haben, wusste er, was sich gehörte.

Auch meine Schwester Suse wusste es. Als Verlobungsgeschenk hatte sie Manschettenknöpfe ausgesucht. Lieber hätte sie ihm ein silbernes Zigarettenetui gekauft, aber Siegfried war Nichtraucher.

Die unverblümt auf Männerfang ausgehende Frau ist abstoßender als der tollste Frauenjäger.

Auch in dieser Hinsicht musste sich meine Schwester nichts vorwerfen. Mehrmals betonte sie an diesem Abend, dass Siegfried schon vor einem Jahr mit seiner Werbung um sie angefangen hätte.

Nach einer lustigen Widerrede gab er es zu. Auch erinnerte er sich daran, dass damals noch der Bassetti bei ihnen als Kreisläufer gespielt hätte.

Obwohl die Sitzordnung für eine Verlobungsfeier von Frau Dr. Gertrud Oheim genau vorgeschrieben war, hielt sich bei uns niemand daran. Meine Großmutter Amalie saß links vom Bräutigam, weil das auch sonst ihr Platz war, mein Bruder Reinhold, der ebenfalls auf seinen angestammten Platz beharrt hatte, saß dem Brautpaar gegenüber, meine Mutter saß überhaupt nicht und erschwerte damit allen die Einhaltung der festgelegten Etikette: Erst wenn sich die Dame des Hauses zu Tisch setzt, nehmen die Gäste Platz.

Mein Vater hielt noch immer keine Tischrede, machte aber einen ersten Ansatz, indem er den kleinen Löffel, mit welchem er ansonsten die Ananasstücke aus der Bowle fischte, an sein Glas schlug. Augenblicklich wurde es still. Mein Vater ließ sich jedoch nur zu einem philosophischen Gedankensplitter hinreißen. »Verlobt isch noch nicht verheiratet«, sagte er.

Meine Großmutter nickte zustimmend. Die anderen warteten, was nun folgen würde, aber es folgte nichts mehr. Erst viel später wird er noch ein Bonmot in tadellosem Hochdeutsch von sich geben: »Manche Verlobung ist ein Rätsel und wird deshalb gelöst.« Er erntete damit allerdings mehr Kopfschütteln als Beifall.

Mein Bruder Reinhold spielte inzwischen mit den Salzstangen Mikado. Meine Schwester Suse klärte ihre künftige Schwiegermutter darüber auf, dass Mokkatassen von Natur aus nicht größer sind. Siegfried erläuterte uns, wie es zu dem verworfenen Siebenmeter gekommen war. Mein Vater schaute mir wieder beim Lesen zu. Meine Mutter war noch immer unterwegs.

Ich saß in der Sofaecke, noch immer schmollend, und ließ mir von Frau Dr. Gertrud Oheim die Technik des Zutrinkens erklären. Sie ließ mich wissen, dass »Prösterchen« und »Hoch die Tassen« erst zu vorgerückter Stunde zulässig sind, ein »Zum Wohle« dagegen, als dezente Aufforderung zum Trinken, sich bereits zum Festbeginn eignet.

Frau Bachner erzählte immer noch von der schweren Zeit nach dem Krieg und davon, wie sie ihren Siegfried durch selbige, bei aller Entbehrung, gebracht hätte. Meine Großmutter hörte aber nicht mehr zu, sondern schaute meiner Mutter nach, die im Augenblick völlig grundlos auf dem Weg in die Küche war.

Als der Bachner Siegfried die Verlobungsringe hervorkramte, wurde es doch noch feierlich. Meine Schwester schlug, wie sie es zuvor geprobt hatte, die

Augen nieder. Ihr Siegfried war erleichtert, dass die Ringe passten. Mein Vater hob sein Glas und ließ erneut auf das Brautpaar anstoßen.

Meine Großmutter wollte nun auch ihren Teil beitragen, holte zu ihren gewohnten Uhland-Reimen aus, wurde aber von meiner Mutter noch rechtzeitig gebremst.

Obwohl wir es alle längst wussten, erzählte Siegfrieds Mutter uns noch einmal, dass ihr Mann in Russland gefallen war. Den ganzen Abend über ließ sie kein gutes Haar an den Russen.

Meine Großmutter wollte sie auf andere Gedanken bringen und sagte: »Kaffee, mein Leben.« Meine Mutter wartete aber bereits mit dem Essen auf. Mein Vater hatte Bedenken wegen der Russischen Eier. Siegfrieds Mutter nahm sich aber bereits der Kaviarkügelchen auf der Mayonnaise an.

Nun wurde nur noch über die Vergangenheit gesprochen. Über den Krieg, die Bombenangriffe und darüber, dass meine Schwester Suse in der Pogromnacht geboren wurde. Statt Pogromnacht sagten sie Reichskristallnacht, das klang irgendwie festlich.

Meine Mutter lag in den Wehen damals und hat nicht gehört, wie der Gauleiter Eugen Maier schrie: »Schlagt die Saujuden tot.«

Das Messer ist nur zum Schneiden da und zu kleinen Hilfestellungen beim Gebrauch der Gabel. Wer mit dem Messer isst, begeht einen ganz peinlichen Formfehler.

Ich betrachtete meine Familienmitglieder und wusste, dass sie noch viel zu lernen hatten.

Als Laika die Erde umkreiste

Haustiere spielten bei uns daheim eine untergeordnete Rolle, gehörten aber dazu, wie etwa die Ballenstöcke am Muttertag, das Bad an jedem zweiten Samstag oder wie der Kartoffelsalat zum Sonntagsbraten.

Meine Tante Cilly erzählte oft davon, dass sie früher einmal einen Geißbock als Haustier gehabt hatten, der Mädde hieß und der mit Ausnahme meines Großvaters jeden auf die Hörner nehmen wollte. Meistens zählte sie noch weitere Frechheiten auf, die er begangen haben soll, und auch meine älteren Geschwister waren nicht faul im Erinnern. Er soll meine Großmutter Amalie bis in die Dachwohnung hinauf verfolgt haben. Ob aus Anhänglichkeit oder einem Trieb folgend, blieb unklar. Der Mädde sprang frei im Garten herum. Und war der Garten ihm zu eng, dann wurde das ganze Viertel sein Zuhause und dahinter eine grenzenlose Welt, so lange, bis ihn irgendwer wieder einfing und meinem Großvater zurückbrachte. Der Geißbock war eine Sensation gewesen, die ich als Nachzügler jedoch verpasst hatte.

Damals aber, an jenem Novembertag im Jahr 1957, weckte ein ganz anderes Haustier unser Interesse. Es war die Polarhündin Laika, die in einer Raumkapsel die Erde umkreiste. Mein Vater, mein Bruder Reinhold und ich standen vor der Haustür und starrten gespannt in den Nachthimmel in Erwartung des Sputniks, in dem ein Hund saß.

Auch der Schlamper-Dackel war noch unterwegs, schlich an Henles Zaun vorbei und später an Baumeisters Malerwerkstatt. Er war der einzige Hund in unserer Straße, der nächste wohnte am Ende der Meinlohstraße, ein Schäferhund, der jedes Mal am Garten entlangkläffte, wenn jemand vorüberging.

Als Laika die Erde umkreiste, war der Schlamper-Dackel bereits in einem Alter, wo er für die Raumfahrt nicht mehr in Frage kam. Seine große Zeit war das Jahr 1944 gewesen, als er die herannahenden Bomber schon lange vor dem Warnsignal ausgemacht hatte und in den nahen Roten-Berg-Wald gelaufen war, wohin ihm die Leute aus dem Viertel, schutzsuchend, gefolgt sind. Aber das war lange her. Ähnlich spektakuläre Aufgaben hatte das Leben ihm nicht mehr beschert und für eine Erdumrundung war es jetzt zu spät. Das Einzige, was er teilweise umrundete, war unsere Katze, um die machte er einen Bogen. Und ich denke, er hätte auch im Weltraum keine gute Figur gemacht.

Unsere Katze hatte allerdings auch keinen allzu großen Aufgabenbereich. Wenn sie nicht gerade den Schlamper-Dackel ärgerte, indem sie ihm das Gehen auf unserer Straßenseite verwehrte, lag sie irgendwo im Garten herum. Manchmal saß sie auch vor einem Mausloch und täuschte eine beharrliche Ausdauer vor, war aber froh, wenn die Essenszeit, die sie pünktlich einhielt, ihre Pflichten beendete. Sie bekam dasselbe wie wir, abends abwechselnd Bierschinken oder Schinkenwurst.

Anschließend saß sie dann auf dem Schoß meiner Schwester Suse und schnurrte ihr was vor. War meine Schwester im Kino, hatte die Katze dasselbe Programm, jedoch eine andere Unterlage. Dafür kamen nur mein Bruder Reinhold und meine Großmutter Amalie in Frage. Beide hatten beim Sitzen die gleiche Ausdauer wie die Katze. Meine Mutter dagegen war ständig unterwegs. Küche, Schlafzimmer, Wohnzimmer, Klo. Immer hatte sie irgendwo etwas vergessen. Und immer erinnerte sie sich erst daran, wenn sie bereits wieder den Standort gewechselt hatte. Mein Vater bildete auf dem Sofa liegend zwar die bestmögliche Unterlage, doch konnte er die Katze nicht mit seinen Wildwestromanen in Einklang bringen.

Auch sonntags war die Katze pünktlich und wartete am Ofen, wo meine Mutter ihr ein Stückchen

Schweinebraten, Spätzle mit Soße und Kartoffelsalat auf einem Kaffeeteller servierte.

Unsere Katze hieß Mulle, wie überhaupt alle Katzen in unserer Nachbarschaft Mulle hießen. Wegen eines originelleren Namens zerbrach sich niemand den Kopf.

Weil die Katze zur Familie gehörte, bekam sie an den Festtagen auch vom Hasenbraten ein Stück ab, womit wir bei den nächsten Haustieren wären.

Die Stallhasen gehörten meinem Großvater und lebten etwas beengt in den Ställen hinterm Haus. Mein Großvater fütterte sie und mistete auch die Ställe gelegentlich aus. In der Zeit hatten die Hasen ein wenig Auslauf. Beim Einfangen half ich meinem Großvater, ansonsten hatte ich wenig Kontakt mit ihnen. Ich hielt mich auch fern, wenn er sie totschlug, schlachtete und ihnen das Fell abzog, denn ich verabscheute jede Art von Gewalt oder wollte sie zumindest nicht sehen. Deshalb hielt ich die Beziehung zu den Hasen auch weitgehend unpersönlich. Erst wenn mein Großvater die Filets aus dem Rücken löste und die Keulen verteilte, wurde sie etwas inniger.

Mein Großvater hatte auch zwei Wellensittiche. Als der erste starb, ließ er ihn ausstopfen. Danach saß der Vogel dann still auf einem Stück Birkenast, auf dem mein Großvater ihn an die Wand genagelt hatte. Der zweite Wellensittich flog manchmal dazu, die Schweigsamkeit des ausgestopften Vogels irritierte ihn aber. Ein Grund vielleicht, dass auch der zweite kurz darauf starb. Freilich ließ mein Großvater auch ihn ausstopfen und hängte ihn daneben. Die Wellensittiche sahen aus wie früher, als sie noch lebten, machten aber weniger Dreck, was meiner Großmutter zugute kam.

Manchmal ärgerte ich mit der Wachter Hedwig die Truthähne. Wir stellten uns an den Zaun und riefen: »Mei Rot isch viel schöner als deines.« Da Truthähne von Natur aus eitel sind, gingen sie auf uns los, worüber sich die Wachter Hedwig stets aufs Neue wunderte.

Während ich damals auf den Sputnik wartete, in welchem Laika, die Polarhündin, saß und die Erde umkreiste, musste ich aufs Klo. Am frühen Nachmittag hatte ich ein Wurmmittel einnehmen müssen. Nun war ich auf das Ergebnis gespannt. Ich weiß nicht mehr, ob es sich um einen Band-, Spul- oder Fadenwurm gehandelt hat, meine aber, dass er zu den Nematoden gehörte. Ich betrachtete ihn, war fasziniert und angeekelt zugleich. Dass er eine Weile in mir gewohnt hatte, beeindruckte mich. Als ich ihn meiner Mutter zeigte, nahm sie gleich die Wasserkanne und spülte ihn hinunter. Es ging so schnell, dass ich nicht einmal Zeit hatte, ihm nachzuschauen.

Ebenso schnell war draußen der Sputnik am Himmel erschienen und wieder verschwunden. Mein Bruder Reinhold lachte mich aus, weil ich ihn versäumt hatte und nun nicht wusste, wie ein Sputnik aussah. Auch der Schlamper-Dackel war noch draußen. Ich machte mir meine Gedanken deswegen und ärgerte mich, dass ich wegen eines Wurms den Fortschritt verpasst hatte.

Schöner fremder Mann

Bier und Sprudel kauften wir immer bei der Frau Wachter. Durch ihren Getränkehandel, den sie an der Haustür abwickelte, war sie auch über alle Ereignisse, die sich am persischen Hof zutrugen, unterrichtet. Der bevorstehenden Hochzeit der Farah Diba stand sie allerdings skeptisch gegenüber. Mehrfach äußerte sie ihre Bedenken, mahnte: »Ehestand-Wehestand, wenn du freist mit Unverstand«, und räumte allenfalls ein, dass es besser wäre zu heiraten als sich in Begierde zu verzehren, wie es im ersten Brief an die Korinther empfohlen wird.

Warum die Wachter Hedwig dennoch der Meinung war, dass es an der Zeit wäre, dass auch wir endlich heiraten sollten, blieb mir ein Rätsel. Weil ich ihr sagte, dass sie nicht wie eine Braut nach meiner Vorstellung aussah, besorgte sie sich ein Stück Gardinenstoff. Der Schleier verdeckte zwar einiges, meinen Erwartungen entsprach die Wachter Hedwig dennoch nicht.

Trotzdem willigte ich eines Nachmittags in die Heirat ein, vielleicht nur, weil dieser neblige Tag im Spätherbst ansonsten wenig hergab. Dem Baumeister Walterle, der den Trauzeugen machte, ging es wohl ebenso. Weil er zwei Jahre jünger war als die Wachter Hedwig, kam er als Bräutigam nicht in Frage. Auch der Lorenz aus Westerheim, der gerade wieder einmal zu Besuch war, fiel als Kandidat aus, obwohl er das richtige Alter gehabt hätte. Er war aber ein Auswärtiger. Als Pfarrer machte er jedoch eine ordentliche Figur. Dass er statt »ons« »eis« sagte, gab der Trauung eine ganz eigene Note.

Für das Hochzeitsessen hatte die Wachter Hedwig beim Metzger Prenkart für zehn Pfennig Wurstzipfel besorgt. Weil sie der Frau Prenkart den Anlass nicht verschwieg, bekam sie noch eine Portion gratis dazu. Beim Bäcker Wilhelm wandte sie dieselbe Strategie an und verlangte drei Mohrenköpfe. Die erwartete Dreingabe blieb aber aus. So mussten sich Pfarrer und Trauzeuge einen Mohrenkopf teilen.

Nach dem Essen bestand die Wachter Hedwig darauf, entführt zu werden. Der Lorenz aus Westerheim erklärte sich sofort bereit, brachte sie aber nach einer Viertelstunde ohne Angabe von Gründen wieder zurück. Die Ehe verlor für mich nun schnell ihren Reiz. Auch beim Lorenz und dem Baumeister Walterle flachte das Interesse an den Feierlichkeiten merklich ab. Die Wachter Hedwig aber meinte, dass man das, was man begonnen hat, auch zu Ende führen sollte.

Weil sie gleich Kinder wollte, war die Hochzeitsnacht unumgänglich. Das Schicksal der Soraya, die kinderlos geblieben war und deshalb auf den persischen Thron hatte verzichten müssen, war ihr ein warnendes Beispiel. Als Brautgemach hatte sie unsere Gartenhütte ausgewählt, weil es dort auch am Tage dunkel war. Wir überlegten, wie wir die Hochzeitsnacht gestalten könnten, hatten aber keine passende Idee. Da es kalt war, kam Ausziehen nicht in Frage. Außerdem fehlte ein Bett. So saßen wir nur nebeneinander und langweilten uns. Dennoch war die Wachter Hedwig der Meinung, dass alles so seine Richtigkeit hätte. Wenn der Maichel Bernd, der einmal Arzt werden wollte, da gewesen wäre, hätte sie bereits die Geburt unseres ersten Kindes vollzogen.

Stattdessen wurde draußen das Baumeister Walterle vom Lorenz standrechtlich erschossen, weil er der ungarische Präsident Nagy war, der vor zwei Jahren einen Aufstand angezettelt hatte. Da hielt es auch mich nicht mehr im Brautgemach und ich gestand der Wachter Hedwig, dass ich für die Ehe nicht geeignet wäre.

Meine Schwester Suse glaubte sich für die Ehe geeignet, stand jetzt aber am Zaun und schäkerte mit einem Italiener. Mein Vater rief sie ins Haus und las ihr die Leviten, weil sie bereits mit dem Bachner Siegfried verlobt war. Später beobachtete ich sie vor dem Spiegel, wo sie mit ihrem Aussehen heftig herumexperimentierte. Dabei summte sie: »Schöner fremder Mann«.

Die Zukunft war schön

Wenn die Kirchenuhr Mittag schlug und dem Schlagen der vollen Stunde das Zwölfeläuten folgte, hielten wir uns in der Schulbank schon mal bereit. Noch eine Viertelstunde, dann war die Schule aus. Und draußen wartete die Zukunft.

Sie lag vor uns, ausgebreitet wie ein Fußballfeld, welches die Spieler noch nicht betreten hatten; wie ein Teppich, der darauf wartet, dass einer mit ihm davonfliegt; wie ein Meer, das einen zu den Ufern trägt, von denen wir die Vormittage über nur träumen durften.

Gab die Schulglocke dann das endgültige Zeichen zum Aufbruch, hatte der Mack Erich schon seinen Ranzen um und der Glöckler Wolfgang packte mich an der Schulter, weil es nun losging und wir Blutsbrüder waren. Der Nachhauseweg war lang und voller Gefahren. Er führte am Rio Pecos entlang und fast immer durch das tückische Llano Estacado.

Bei meinem Vater ersetzte die Fabriksirene das Zwölfeläuten. Er legte dann seine Arbeit beiseite und ging in die Kantine. Das Kantinenessen schmeckte ihm. Abends erzählte er bisweilen, was es gegeben hatte. Meistens aß er mit der Frau Gallus, die seine Kollegin war. Manchmal war meine Mutter eifersüchtig. Ob auf Frau Gallus oder auf die Kantinenköchin, war unklar. Auch wenn mein Vater von Saloniki erzählte, wo er im Krieg gewesen war, um für die Griechen dort Kartoffelsalat zu machen, war sie gelegentlich eifersüchtig. Ihre Vorwürfe aber hielten sich in Grenzen und ihre vage Eifersucht nahm sie selbst am wenigsten ernst. Lag mein Vater erst auf dem Sofa und hatte sich in seinen Wildwestroman vertieft, traute auch ich ihm in dieser Hinsicht nicht viel zu.

Meine Mutter aber gestaltete ihre Zukunft in einem fortwährenden Unterwegssein durch die Wohnung. Wenn im Radio gespielt wurde »Ja, als Hausfrau ist man ständig auf der Wanderschaft«, schien ihre Ruhelosigkeit legalisiert.

Die Zukunft hielt sie auf Trab. Aber auch die Vergangenheit. Der Wechsel von Vergessen und Sich-Erinnern hatte etwas von der Regelmäßigkeit der Gezeiten. Die vollen Schränke und Kommoden ließen zudem vermuten, dass es noch eine Zukunft geben musste, in der einmal all das Gesammelte seiner Bestimmung zugeführt werden würde.

Nach dem Kantinenessen ging mein Vater zurück an die Arbeit. Mit Frau Gallus, die auch im Büro ihm gegenübersaß, tauschte er noch die Eindrücke über das zurückliegende Mittagsmahl aus, bevor er sich still über einen Berg Rechnungen hermachte, die er zu verbuchen hatte. Manchmal wartete er, bis die Sirene den Feierabend ankündigte, manchmal wurde er auch von ihr überrascht. Sein Fahrrad, das keinen Namen hatte, wartete auf ihn, manchmal auch ich.

Während ich bei jedem Zwölfeläuten auf die Zukunft wartete, lebte mein Vater bereits in ihr. Sie bestand aus 48 Stunden Arbeit in der Woche, gelegentlichen Herzanfällen, die seinen Zigarettenkonsum vorübergehend einschränkten, dem samstäglichen Besuch bei der Heimstraß-Oma sowie aus Pferdedieben, die den Abend bestimmten und zuweilen gehängt wurden. Die Zukunft meines Vaters war in Ordnung, dennoch beneidete ich ihn nicht darum.

Für meine Großmutter Amalie war die Zukunft schon fast zu Ende. Wenn sie aber mit uns Karten spielte, schien ihre Zukunft, im Gegensatz zu unserer Geduld, endlos zu sein. Der Entscheidung, welche Karte sie ausspielen sollte, ging stets eine nicht enden wollende Überlegung voran. Wenn Herz Trumpf war, konnte es sein, dass sie diesen Umstand den Abend über auch akustisch untermauerte. »Herz ist Trumpf«, sagte sie dann, in etwa derselben Gewichtung wie »Kaffee, mein Leben«.

Ansonsten schien die Zukunft meiner Großmutter eine einzige Warterei zu sein. Wenn nicht auf den Kaffee, der ihr Leben war, dann auf die Nudelsuppe, die sie niemals ohne die Hilfe einer Gabel zu sich nahm. Stets aber schien sie auf eine Gelegenheit zu warten, Ludwig Uhlands »Schwäbische Kunde« oder eine ihrer drei Episoden zum Besten zu geben.

Mein Bruder Reinhold war, wenn ich von der Schule kam, meistens schon zu Hause. Sein Heimweg war geradliniger als der meine. In der Hoffnung, dass es Miracoli gäbe, saß er gewöhnlich schon am Tisch und wartete, gemeinsam mit meiner Großmutter Amalie, bis meine Mutter servierte.

Auch nach dem Mittagessen gab sich mein Bruder Reinhold sinnvoller Beschäftigung hin. Er machte Hausaufgaben und suchte die Rabattmarken zusammen, die meine Mutter zu all den anderen Dingen gestopft hatte, die noch auf ihre Bestimmung warteten. Bis es Zeit war, mit der Großmutter Amalie auf den Kaffee zu warten, kümmerte er sich um seine Spardosen.

Mein Bruder Karlheinz musste sich um seine Zukunft keine Sorgen machen. Bei den Aposteln war er in guten Händen. Auch der Karnevalsverein sorgte für ihn. Die Zukunft war für ihn ein gemachtes Bett, in welchem irgendwann eine Schuhverkäuferin auf ihn wartete. Auch an ganz gewöhnlichen Tagen sang er deshalb mit seiner Tenorstimme aus Leo Falls Operette »Der fidele Bauer«: »Heut ist der schönste Tag in meinem Leben.«

Der Vater der Lehmann Inge aus der Meinlohstraße war ein Liliputaner, aber später ein angesehener Fotograf. Manchmal beobachteten wir, wie er auf seinem Kinderfahrrad unterwegs auf der Suche nach irgendwelchen Motiven war, die es verdient hatten, festgehalten zu werden. Dass er die Welt aus der Zwergenperspektive festhielt, entsprach der Sichtweise von uns Kindern. So würden wir später die Bilder als die unseren entdecken, noch nicht verzerrt und fremd, durch eine uns unbekannte Perspektive. Doch bis diese Bilder unser Leben ersetzen würden, war es weit.

Wenn aber vom Kirchturm das Zwölfeläuten herwehte und der Maichel Bernd an Albert Schweitzer, die Wachter Hedwig an ihre Aussteuer und der Glöckler Wolfgang an unsere Blutsbrüderschaft dachte, stand die Zukunft noch an der Schwelle. Sie war erregend, unglaublich und absolut traumhaft. Vor allem aber war sie noch nicht gewesen. Und sie war schön.

Die Helden von Bern

In vielen Nächten, wenn ich, von Träumen aufgeschreckt, nicht wieder einschlafen wollte, flüsterte ich die Namen der elf Helden von Bern in die Dunkelheit: Turek, Posipal, Kohlmeyer, Eckel, Liebrich, Mai, Rahn, Morlock, Ottmar Walter, Fritz Walter, Schäfer.

In ebendieser Formation, in der sie, als krasse Außenseiter, die ungarische Wunder-Elf an diesem legendären 4. Juli 1954 geschlagen hatten, ließ ich sie antreten. Sie stellten sich vor mich wie große Brüder; meine nächtlichen Peiniger hatten keine Chance.

Nun konnten die Blauhexen sich mühen, ins Wasser bekamen sie mich nicht, und die Mörder, vor denen ich davonrennen wollte, aber nicht vorwärts kam, sie jagten umsonst hinter mir drein, denn die Helden von Bern waren bei mir.

Bei ihnen fand ich auch Zuflucht vor den Peinigern, die am Tage mich quälten, den Spreng-Zwillingen, diesem vierfüßigen Monstrum, oder dem Sportlehrer, der uns den nötigen Mumm beibringen wollte, und überall lauerte auch der Tod mir auf.

Dann spielte ich auf unserem Wohnzimmertisch das Endspiel von Bern nach. Die Gasmarken, grau und unscheinbar, das waren die Deutschen, die Ungarn waren blitzblanke Zehnpfennigstücke, ein Einpfennigstück der Ball. Und vier Tischtuchhalter, das waren die Torpfosten. Vor dem Spiel rief ich die Spieler auf, auch die ungarischen Namen wusste ich und konnte sie hersagen. Der Name Hidekuti gefiel mir am besten. Danach summte ich die Nationalhymnen, ließ Wimpel austauschen, Platzwahl und Anstoß ausführen. Die Zeremonien waren mir wichtiger als das Spiel selbst.

Ich triumphierte nach Morlocks Anschlusstreffer und mehr noch nach dem Siegtor von Helmut Rahn. Zuletzt ahmte ich den Reporter des Spieles nach und rief: »Aus! Aus! Das Spiel ist aus! Deutschland ist Weltmeister!« Die Gasmarken bildeten nun eine Traube, jubelten. Die blitzblanken Zehnpfennigstücke ließen die Köpfe hängen. Dann war Siegerehrung. Fritz Walter nahm den Coupe du Monde entgegen, ging an seinen Kameraden vorbei und fragte: »Alles klar, Kameraden?«

Und sie antworteten ihm: »Alles klar, Fritz!«

Anschließend räumte ich beide Mannschaften, die Tore und den Ball an ihre angestammten Plätze zurück. Die Gasmarken kamen wieder in die Kommode unter dem Münzautomaten, die Zehnpfennigstücke und der Pfennig in die Spardose meines Bruders Reinhold. Die Tischtuchhalter, meine Torgehäuse, in die Tischschublade.

Nun konnte ich nach draußen. Die Helden von Bern gaben meinem Herzen den Takt vor. Ich lief auf die Klosterstraße wie auf den Rasen des Wankdorf-Stadions, nahm meinen Ball und kickte ihn an die Hauswand. Die Kellerfenster waren die Tore. Noch einmal das Endspiel. Wenn das Baumeister Walterle in der Nähe war, dann musste er mitspielen und der Hidekuti sein.

Wenn aber die Spreng-Zwillinge kamen, dann flohen wir. Und wenn Herr Hohenadel, unser Sportlehrer, zum Schwimmunterricht rief, dann wurde ich meistens krank. Krank, weil der Mut mir fehlte. Mutig war der, der vom Dreimeterbrett sprang. Herr Hohenadel forderte von uns diesen Sprung. Wer sich drückte, war ein Feigling. Die Fahrtenschwimmer und die guten Turner hatten es leicht bei Herrn Hohenadel. Denen verzieh er, was er bei anderen strafte. Wenigstens das Freischwimmer-Abzeichen sollte man haben. Und ein Kerl sollte man sein.

Ich aber hatte Angst, vor der Höhe und vor dem Wasser.

Manchmal träumte ich, dass ich flog, frei und ohne Angst. Ich flog in Schwimmbewegungen. Ich schwamm durch die Luft. So schlug ich beide Ängste mit einer Klappe.

Wenn der Tag dann graute, lag ich auf dem Rücken im Bett und starrte an die Decke, wo sich Muster bildeten, geheimnisvolle Zeichen, die zu deuten waren. Manchmal meldete sich auch der Tod und hielt für eine Weile mein Herz an. Die Angst ließ es wieder schlagen, dann pochte es, als wollte es davonlaufen.

Wenn uns Herr Hohenadel aufs Dreimeterbrett jagte, versteckte ich mich in den Umkleideräumen. Das Schwimmen lernte ich in der Blau.

Jedes Mal aber, wenn die Nacht mit ihren Träumen über mich herfiel, hatte sie irgendeine Angst mitgebracht.

Die Angst, Blauhexen ertränkten mich.

Die Angst, jemand stoße mich in die Tiefe.

Die Angst, es wäre Krieg.

Die Angst vor Mördern und Attentätern.

Die Angst, meine Mutter wäre sterblich.

Dann flüsterte ich die Namen der elf Helden von Bern in die Dunkelheit: Turek, Posipal, Kohlmeyer, Eckel, Liebrich, Mai, Rahn, Morlock, Ottmar Walter, Fritz Walter, Schäfer.

»Alles klar, Kameraden?«, fragte ich leise.

»Alles klar!«, antworteten sie mir im Chor.

Liebeskummer

Wenn meine Schwester Suse Liebeskummer hatte, starrte sie meistens leise schluchzend vor sich hin. Manchmal summte sie auch hundert Mal denselben Liedfetzen, ohne dass ihr Kummer dadurch kleiner wurde. Er bekam aber eine andere Dramaturgie. Ihre Blicke hingen nun in der Weite und sehnten einen ihrer Vorstellung nach nie mehr wiederkehrenden Zustand herbei. Die musikalische Untermalung verstärkte diesen Blick noch. Anschließend, wenn die Musik verstummte, schossen aus ihren traurig verweinten Augen erste Racheblitze als Vorboten ihrer allumfassenden Anklage: »Mei Siegfried hot a andere.«

Meine Cousine Inge, die im gleichen Alter war und mit ihr die Menscherkammer im Dachgeschoss bewohnte, tröstete sie auf Hochdeutsch und sagte: »Eifersucht ist das Salz in der Suppe.« Meine Schwester neigte jedoch dazu, jede Suppe zu versalzen.

Auch ich hatte damals des Öfteren Liebeskummer, starrte jedoch nicht wie meine Schwester erst ins Leere, sondern gleich dem Schlager folgend den weißen Wolken nach, bis dieser Zustand durch eine wohltuende Langeweile abgelöst wurde.

Im Gegensatz zu meiner Schwester Suse, deren einziges Objekt der Bachner Siegfried blieb, wechselte es bei mir turnusmäßig. Die Eberle Waltraud, die Braun Ursel, die Helga Kühne. Um nur drei Namen preiszugeben, die sich für meinen aus der Balance geratenen Seelenzustand hätten verantwortlich zeigen müssen.

Dass auch die Wachter Hedwig einmal heftig eifersüchtig und ich dabei zum Sündenbock wurde, fällt in jene Zeit, in welcher ich noch als Arzt praktizierte. Die Wachter Hedwig hatte mich wegen Bauchschmerzen konsultiert. Dass sie sich dazu ausziehen musste, war uns beiden klar. In unserer Gartenhütte, zum Sanatorium umfunktioniert, sollte eine gründliche Visitation erfolgen. Das Ergebnis konnte uns beide nicht zufriedenstellen, doch war mir die Untersuchung wichtiger als die Diagnose. Dass draußen noch andere Patientinnen warteten, nahm die Wachter Hedwig mir jedoch übel. Damals gelangte ich zu der Erkenntnis, die heute Allgemeingut ist: Eine Patientin sollte sich nicht in ihren Arzt verlieben.

Dass die Liebe aber eine wichtige Sache war, wusste selbst unser Pfarrer Rohrer, denn viele seiner

Predigten schloss er mit dem 13. Kapitel, Vers 1, des ersten Briefes an die Korinther ab, in dem es heißt: »Wenn ich mit Menschen- und Engelszungen redete und hätte der Liebe nicht, so wäre ich ein tönend Erz oder eine klingende Schelle.«

Weil meine Schwester Suse aber an jenem Tag, an dem sie glaubte, der Bachner Siegfried hätte eine andere, nichts von den Korinthern wissen wollte, tröstete sie mein Vater mit der Weisheit: »Eine Frau ohne Rivalin altert schnell.« Dass diese Baudelaire und nicht ein Pferdedieb aus seinen Wildwestromanen in die Welt gesetzt hatte, war dabei unerheblich.

Später, als meine Schwester noch immer mit demselben Liedfetzen in eine triste und endlose Weite starrte, läutete der Bachner Siegfried. Seine Haare waren feucht, weil er gerade von einem Handballspiel kam und sie nach dem Duschen nicht geföhnt hatte. Auch er war in gedrückter Stimmung. Sie hatten das Spiel verloren, und er hatte dabei, wieder einmal, einen Siebenmeter verworfen.

Dass er nicht mehr zu beichten hatte, als einen Umtrunk beim Trainer Bassetti, enttäuschte meine Schwester Suse nach all ihren Qualen. Doch gab dieser Umstand der Frau Wachter recht, die der Meinung war, wirkliche Eifersucht und der damit verbundene Liebeskummer wäre in seiner ganzen Tragweite einzig am persischen Hof möglich.

Straßengeister

Achtsamkeit und Mitgefühl, die beiden Tugenden, ohne die der Buddhismus undenkbar scheint, standen auch bei uns hoch im Kurs. Denn obwohl wir keine Buddhisten waren, machten auch wir von diesen Tugenden regen Gebrauch, wobei der Nutznießer fast immer das Baumeister Walterle war. Spielten wir Fußball, so ließen wir ihn aus purem Mitgefühl mitspielen; dabei erforderte es unsere ganze Achtsamkeit, dass sich das Baumeister Walterle nicht verletzte.

Wären wir Pfadfinder gewesen, die tägliche gute Tat hätten wir abonniert gehabt. Da wir aber auch das nicht waren, begnügten wir uns damit, als gute Geister aus unserer Straße einen Garten Eden zu schaffen.

Dass aus der Klosterstraße aber doch kein Paradies wurde oder eines, in welchem wir nur bedingt geduldet waren, lag einmal an der Schneidergoiß, die uns schräg vis-a-vis wohnte, sowie an dem Bruddler, der stets eine Kapp aufhatte und der sinnigerweise Herr Heim hieß, obwohl alles Heimelige ihm fremd schien. Er wohnte im Haus nebenan.

Diese beiden stets verneinenden Geister hatten es sich zur Aufgabe gemacht, uns Kindern das Leben auf der Straße zu vermiesen. Wobei der Bruddler nicht den leisesten Lärm zuließ und selbst bei so honetten Spielen wie »Verliebt – verlobt – verheiratet« sich einmischte oder beim Federballspiel mitunter die ganze Straße annektierte.

Die Schneidergoiß dagegen hütete ihren Vorgarten wie eine Löwenmutter ihr Junges. Nichts durfte in dessen Nähe kommen. Sie schützte ihr Terrain, indem jeder Umtrieb durch messerscharfe Zurechtweisungen – »Könnat ihr net woanders spiela!« – bereits im Keim erstickt werden sollte.

Wenn wir, ins Fußballspiel vertieft, die Welt und somit auch ihre Plagegeister vergaßen und der Ball versehentlich im Vorgarten der Schneidergoiß landete, so behielt sie ihn in Verwahrung und rückte ihn, wenn überhaupt, erst bei Einbruch der Dunkelheit wieder heraus. Gelang es uns, den Ball gerade noch unbemerkt aus ihrem Vorgarten zu holen, so schimpfte sie dem flüchtenden Eindringling hinterher, ja, sie schrie Zeter und Mordio, bis der Bruddler, von dem Spektakel wachgerüttelt, sich den Tiraden der Schneidergoiß anschloss, sodass wir, dieser unheilvollen Allianz gegenüber, eingeschüchtert waren.

Das Fußballspiel war uns für diesen Tag vergällt, während Herr Heim und die Schneidergoiß die Ordnung wieder als hergestellt betrachteten. Die Revolution auf Kuba, die gescheiterte Invasion in der Schweinebucht, der Kalte Krieg zwischen den Weltmächten, Ereignisse, mit denen mein Vater sich täglich herumschlagen musste, berührte diese Allianz nicht im Geringsten; selbst die Ermordung Lumumbas ignorierte sie. Denn waren wir Kinder erst ruhig gestellt, hatte auch die Welt wieder ihren Frieden.

Da die Einigkeit aber ausschließlich uns gegenüber bestand, gab es innerhalb dieser Allianz doch Unterschiede, die uns bald von großem Nutzen sein sollten. Während die Schneidergoiß, wenn sie nicht gerade ihr Vorgärtchen zu schützen hatte, eine umgängliche Zeitgenossin war, verhielt sich der Bruddler auch allen Erwachsenen gegenüber äußerst feindselig. Er war ein Misanthrop durch und durch, ein Menschenfeind, der an allem und jedem etwas auszusetzen hatte. Und da die Schneidergoiß seine Nachbarin war, eben auch an ihr.

Es war in den Herbstferien, nahe an Allerheiligen. Und der Lorenz aus Westerheim war gerade wieder einmal zu Besuch. Wir spielten Fußball; und weil auch an diesem Tag unser Ball irgendwann im bereits mehrfach erwähnten Vorgarten landete, ließen die Tiraden der Schneidergoiß nicht lange auf sich warten. Erst schimpfte sie zum Fenster heraus, dann zeigte sie sich an der Haustür. Als sie zum Gartenzaun stürmte, um ihr Terrain abzusichern, stürzte sie aber, wohl weil der erste Frost noch hartnäckig an den Steinplatten haftete.

Da lag sie dann am Boden und kam nicht mehr hoch. Bald rief sie um Hilfe. Ihre Schreie hörte der Bruddler, der die hilflos am Boden liegende Schneidergoiß sogleich ausmachte.

Die beiden von weitem beobachtend, dachten wir, dass er jetzt zu ihr eilt, um zu helfen. Immerhin war er schon dabei, die Straßenseite zu wechseln. Doch schon die Art seines Ganges, dieses frohgemute Schlurfen, welches Vorfreude verriet, ließ uns zweifeln. Und tatsächlich: Der Anblick erheiterte ihn.

»Hot Se's naghagelt?«, grinste er.

»Ausgrutscht ben i«, wimmerte die Schneidergoiß.

»Ja, ja, 's hot Frost khet en dr Nacht«, plauderte Herr Heim.

»So helfat Se mir doch!«, flehte die Schneidergoiß.

Da drehte der Bruddler sich um und sagte: »Wer von alloi fällt, der stoht ao alloi wieder auf.«

Damit ließ er die Bedauernswerte liegen, ging leichten Fußes zurück und verschwand bald in seinem Haus.

Wir schauten noch eine Weile der Schneidergoiß und ihren vergeblichen Bemühungen wieder auf die Beine zu kommen zu, ehe das Baumeister Walterle und der Lorenz aus Westerheim sich als Erste von uns ein Herz fassten und sich in ihre Nähe trauten. Weil der Lorenz kräftig und dazu ein Auswärtiger war und das Baumeister Walterle sein Vetter, fassten beide sie unter und halfen ihr vom Boden auf. Sie führten die Schneidergoiß ins Haus, blieben dort eine ganze Weile, und wir, die wir uns nicht gleich getraut hatten, behielten die Haustür gespannt im Auge.

Als das Baumeister Walterle und der Lorenz aus Westerheim mit je einer Tafel Schokolade wieder ins Freie traten, hörten wir die Schneidergoiß in ganz ungewohnter Tonlage mit ihnen reden.

Von diesem Tage an bedurfte es nicht mehr unseres Mitgefühls, dass wir das Baumeister Walterle mitspielen ließen. Es war uns wichtig, geradezu notwendig, dass er mit dabei war. Denn landete der Ball wieder einmal aus Versehen im Vorgarten der Schneidergoiß, so schickten wir das Baumeister Walterle vor, um die Sache zu regeln. Meist kam ihm dann die Schneidergoiß schon entgegen, den Fußball in den Händen und gab ihn verständnisvoll zurück.

Wenn ich heute durch die Klosterstraße gehe, ist es so ruhig, als hätten Herr Heim und die Schneidergoiß soeben wieder für Ordnung gesorgt. Kein Kind, das sich rührt, nur der dumpfe Verkehrslärm von der Herrlinger Straße her ist zu hören.

Die Klosterstraße liegt leblos und stumm.

Andere Geister haben sich breit gemacht auf ihr, sind Spielverderber geworden. Sie stehen vor den Kellerfenstern, die unsere Tore waren, und so eng an Eiseles Zaun, dass selbst der Schlamper-Dackel nicht mehr durchgepasst hätte. Sie schimpfen nicht, aber lassen auch nicht mit sich reden.

Stumm wie die Fische in der Blau sind sie, und stumm will auch ich deshalb diese Geschichte beenden. Nur einmal ruhig horchen noch, ob nicht der Bruddler und die Schneidergoiß nicht doch noch für Ordnung sorgen.

Meine Hoffnung allerdings ist nicht sehr groß.

Eine richtige Geistererscheinung

Einmal aber hatten wir auch eine richtige Geistererscheinung. Es war im frühen Herbst. Wir waren noch draußen, obwohl es schon dunkel war. Meine Cousine Renate, mein Bruder Reinhold, die Wachter Hedwig und ich saßen auf dem niederen Zaun, der zu Herrn Heims Haus gehörte.

Plötzlich sahen wir unter der Straßenlaterne eine schwarze Gestalt. Oder eigentlich nur einen schwarzen Umhang und einen schwarzen Hut. Das Gesicht war kaum auszumachen. Und zu Füßen der Gestalt kauerte ein ebenso schwarzer Hund.

Wir erschraken, erstarrten einen Moment lang in dem Gefühl, nicht davonlaufen zu können, so, wie es einem manchmal in Träumen widerfährt. Im nächsten Moment jedoch befreiten wir uns davon und rannten schreiend nach Hause. Als ich mich vor der eigenen Gartentür traute, mich umzudrehen, waren die schwarze Gestalt und der Hund weg.

Die Wachter Hedwig meinte, es wäre der Tod gewesen, der vielleicht zu Herrn Heim wollte, um ihn zu holen. Ich widersprach ihr und hatte Recht, weil der Bruddler auch am nächsten Tag noch lebte und auch sonst keiner aus der Nachbarschaft gestorben war.

Zwei Wochen lang schauten wir nun jeden Abend zum Platz unter der Straßenlampe. Doch die Gestalt, von der die Wachter Hedwig glaubte, der Tod stecke dahinter, ließ sich nicht mehr blicken.

Später, viel später, habe ich die Wachter Hedwig gefragt, ob sie sich noch daran erinnern würde. Natürlich hatte sie unsere Geistererscheinung vergessen, oder verdrängt. Genau wie meine Cousine Renate. Mein Bruder Reinhold aber, der den Nachtkrabb darin erkannt haben wollte, erinnert sich noch daran. So denke auch ich manche Stunde an den Mann mit dem schwarzen Umhang, an seiner Seite ein Hund, ebenso schwarz und unheimlich, und werde das Gefühl nicht los, den beiden noch einmal begegnen zu müssen.

Muttertag

Unser Lehrer war der Ansicht, dass eigentlich jeder Tag ein Muttertag wäre. Zum Beweis sang er ein Lied, welches auch wir auswendig lernen mussten. Es hieß: »Jeder Tag ist Muttertag.«

Dennoch waren wir skeptisch. Nicht weil wir unseren Müttern die Huldigung nicht gönnten. Aber eine Mutter zufrieden zu stellen, war eine von Grund auf anstrengende Sache.

Die ersten Vorbereitungen für den Muttertag trafen mein Bruder Reinhold und ich deshalb bereits am Vortag. Ich schnitt aus den alten Zeitungen jede Menge Klopapier zurecht, wobei mir mein Schönschreibheft als Vorlage diente, weil es das rechte Format hatte. Schließlich musste jedes Blatt gleich groß sein, damit es in den dafür vorgesehenen Karton passte. Es gab zwar schon Klopapier auf Rollen zu kaufen, doch war das, wie mein Vater mir klar machte, nur für die reichen Ärsche bestimmt.

Gleichzeitig sammelte mein Bruder Reinhold die herumliegenden Rabattmarken zusammen und klebte sie mit einer erstaunlichen Freude ins Rabattheft. Für jedes volle Heft gab es eine Mark fünfzig. Er fand, dass das an sich schon ein wunderbares Muttertagsgeschenk wäre.

Mein Nebensitzer Reinhard Allinger machte anlässlich des Muttertags noch mehr Fleißaufgaben. Sie waren das schönste Geschenk, das er seiner Mutter machen konnte. Mit diesem Wissen machte auch er sich mit einer ebenso erstaunlichen Freude ans Werk.

Die Wachter Hedwig wollte ihre Mutter mit einem Vierzeiler überraschen. Den ganzen Samstagnachmittag übte sie. Obwohl sie den Reim am Abend auswendig aufsagen konnte und nur noch gelegentlich stecken blieb, fürchtete sie, das kleine Gedicht über Nacht zu vergessen.

Den Spreng-Zwillingen kam der Muttertag überhaupt nicht gelegen. Ganz übergehen konnten sie ihn aber auch nicht. Nach einigem Für und Wider hatten sie beschlossen, ihrer Mutter Juxpralinen zu schenken.

Damit wir den Muttertag nicht völlig unvorbereitet angingen, trainierten mein Bruder Reinhold und ich den ganzen Samstag schon unser Bravsein. Beim samstäglichen Bad schummelten wir nicht und wuschen ohne vorherige Mahnung auch Hals und Ohren.

Endlich war es dann so weit, der Muttertag begann und er war sonnig, wie wir es nicht anders erwartet hatten. Mein Vater war schon sehr früh aufgestanden, weil er erst die Stube bohnern und dann noch Kaffee kochen wollte. Dass er sich derart in die Hausarbeit einmischte, war meiner Mutter nicht recht. Weil Muttertag war, konnte sie sich aber nicht dagegen wehren. Sie musste es sich auch gefallen lassen, dass er bereits den Sonntagsbraten aufsetzte.

Mein Bruder Reinhold und ich deckten den Tisch. Später gingen wir mit unserer Cousine Renate zum Fallenstock und pflückten Glockenblumen und Margeriten.

Mein Bruder Karlheinz lag noch im Bett. Er hatte mit seinen Aposteln am Abend vorher Maibockbier getrunken. Die Folgen davon klebten jetzt am Rosenstock. Weil Muttertag war, schüttete er jetzt selbst einen Eimer Wasser darüber und beseitigte so alle Spuren.

Beim Frühstück bekam meine Mutter ihre Geschenke. Mein Vater hatte ihr einen Ballenstock gekauft, mein Bruder Karlheinz ebenfalls. Dazu aber noch eine Handcreme.

Danach besuchten mein Vater und ich die Heimstraß-Oma. Sie empfing uns mit dem Sinnspruch: »Wenn du noch eine Mutter hast, so danke Gott und sei zufrieden.« Ohne darauf einzugehen überreichte mein Vater auch ihr einen Ballenstock. Die Heimstraß-Oma zeigte sich gerührt, schimpfte ihn aber wegen der enormen Geldausgabe. Weil Muttertag war und mein Vater deshalb Unkosten hatte, bekam er anstatt der sonst üblichen fünf Mark heute zehn Mark Taschengeld.

Zum Mittagessen waren wir wieder daheim. Meine Mutter hatte die Zeit genützt, um Spätzle und Kartoffelsalat zu machen. Die Bratensoße ging ebenfalls auf ihr Konto. Sie freute sich, dass mein Vater zu spät kam, um ihr dabei zu helfen.

Beim Mittagessen wollte mein Bruder Karlheinz ergründen, ob es zur Zeit Christi bereits den Muttertag gegeben hat. Dabei zog er die Möglichkeit, diesen im Kreise der Apostel zu feiern, in Betracht. Mein Vater verneinte aber und behauptete, der Adolf Hitler hätte den Muttertag erfunden und zu diesem Anlass das Ehrenkreuz der deutschen Mutter, das im Volksmund Mutterkreuz hieß, allen kinderreichen Müttern verliehen. Weil meine Mutter damals bereits vier Kinder hatte, bekam auch sie ein Mutterkreuz. Das Hakenkreuz darauf verhinderte allerdings, dass sie es jetzt noch tragen durfte. Meine Mutter hatte es deshalb in die Kommode zu all den anderen Dingen gesteckt, von denen sie behauptete: »Do wirsch nomol froh drüber sei.«

Ich überlegte, ob ich mir das Mutterkreuz borgen und es der Wachter Hedwig heute verleihen sollte, verwarf aber den Gedanken wieder.

Zum Nachmittagskaffee kamen auch mein Bruder Hans und meine Schwestern Suse und Margret zu Besuch. Unabhängig voneinander hatten sich alle drei als Geschenk für meine Mutter einen Ballenstock ausgedacht. Dass sie Gefallen daran fand, hatte sich herumgesprochen. In der Masse wirkten die Ballenstöcke aber beängstigend. Sie erinnerten an eine Beerdigung.

Beim Kaffeetrinken bekam meine Großmutter Amalie neben einem Blumenstrauß noch eine Tasse Kaffee zusätzlich. Dass auch an diesem Tag der Kaffee ihr Leben war, wunderte niemanden.

Im Trubel der Feierlichkeiten wartete mein Bruder Karlheinz jetzt mit einem Ständchen auf. Er sang: »I möcht amol wieder a Lausbua sei.«

Bei der letzten Strophe, wo es heißt:

»Mei Mudder, die möcht i nemme so ploge,
do wär i gwieß nemme o'gezoge.
Nonder zum Apotheker dät i laufa
ond ihr für zwanzig Pfennig a Hautkrem kaufa.
Ond frogt se mi no: Für wen isch denn des, Kend?
No sag i: Für deine abgschaffte Händ!«,

begann meine Mutter zu weinen.

Als dann meine Schwester Margret noch im Duett mit meinem Bruder Karlheinz »Brüderlein, Brüderlein und Schwesterlein« sang, bekam auch mein Vater feuchte Augen.

Zum Glück sorgte mein Bruder Hans danach für Heiterkeit. Er gab den »Lachenden Vagabunden«. Dabei lachte er wie Fred Bertelmann. Man hatte das Gefühl, dass er gar nicht mehr mit dem Fred-Bertelmann-Lachen aufhören wollte. Aber der Tag neigte sich schon dem Ende zu.

Mein Vater richtete das Vesper. Zur Feier des Tages gab es Schinkenwurst *und* Bierschinken. Weil wir eine derartige Auswahl nicht gewöhnt waren, zog sich das Abendessen hin. Gerne hätte mein Vater meine Mutter mit Russischen Eiern überrascht, die Zweifel, ob sie ihm gelingen würden, hatten aber überwogen.

Bevor sich meine Schwestern und mein Bruder Hans wieder verabschiedeten, schenkte meine Mutter jedem noch ein Gläschen Himmlisches Moseltröpfchen ein, damit sie ihnen zuprosten konnte.

Ich überlegte, ob ich ihr vor dem Zubettgehen noch das Lied »Jeder Tag ist Muttertag« vorsingen sollte, wollte sie aber nicht unnötig erschrecken. Der Tag war anstrengend genug gewesen.

Der Schulzahnarzt, ein Badetag oder die Weisheit des Brahmanen

Einmal im Jahr kam zu uns in die Klasse der Schulzahnarzt. Er wollte feststellen, inwieweit unsere Zähne noch in Ordnung waren. Jeder musste vortreten und sich ins Maul schauen lassen. Die Kommentare des Schulzahnarztes dabei ließen bereits erste Prognosen zu. Waren die Einzeluntersuchungen abgeschlossen, wandte er sich an die Klasse und wollte wissen, wie oft wir uns in der Woche die Zähne putzten. Dabei gab er die 21 als Richtzahl an, welche wir erreichen konnten, wenn wir uns täglich dreimal, also morgens, mittags und abends, jeweils nach den Mahlzeiten dieser Prozedur unterzogen. Bei seiner Frage, wer diese 21 Mal erreiche, meldete sich als Einzige die Helga Kühne, was ihr ein Lob des Schulzahnarztes sowie unseren Beifall bescherte. Zu Recht, wie ich fand, denn wer sich 21 Mal in der Woche die Zähne putzte, hatte sich eine Anerkennung verdient.

Die 14 war die nächste Zahl, die der Schulzahnarzt fragend in die Klasse warf, um von jenen aufgefangen zu werden, die sich in aller Regelmäßigkeit morgens und abends die Zähne putzten. Hier meldeten sich die Röser Bärbel und die Rampf Gertrud, die Henninger Christa und die Schmid Gabi. Auch die Wachter Hedwig streckte zaghaft einen Finger, zweifelte aber im nächsten Moment selbst ihre Berechnung an, weil sie nicht sicher war, ob sie überhaupt eine Zahnbürste besaß.

Wir Buben griffen erst später mit ins Geschehen ein, wobei der Maichel Bernd sich als Erster meldete. Er führte medizinische Gründe an, warum er sich ausschließlich abends und mit Salz die Zähne putzte.

Es folgten jene, die sich sechsmal die Woche für ihre Zähne Zeit nahmen, dann jene, die es auf fünfmal die Woche brachten, wobei die Gruppen noch immer in der Mehrheit vom weiblichen Geschlecht besetzt waren.

Da es bei uns Buben nicht üblich war, dass wir uns überhaupt die Zähne putzten, waren unsere Angaben ohnehin willkürlich. Mit dem Mack Erich beschloss ich deshalb, dass wir bei der Vier uns meldeten. Die Vier, so fanden wir, war unbefangen und auf eine wohltuende Weise leidenschaftslos. Sich viermal die Woche die Zähne zu putzen war gutes Mittelmaß. Nicht herausragend, doch bereits zivilisiert. Es zeigte guten Willen, Akzeptanz des scheinbar Notwendigen und bescherte uns zudem einen gesicherten Tabellenplatz vor all denen, die sich bei dreimal, zweimal oder wie der Bergner Horst bei nur einmal Zähneputzen die Woche lächerlich machten. Eine derart erbärmliche Lüge wurde von uns mit Hohn bestraft.

Abschließend erfuhren wir die Untersuchungsergebnisse. Obwohl sich die Mädchen durchschnittlich häufiger die Zähne putzten, hatten sie mehr Löcher aufzuweisen als wir Buben. Eine Ausnahme bildete nur die Helga Kühne. Überraschungssieger bei den Buben wurde der Mack Erich. Bei ihm gab es nichts zu plombieren. Der Schulzahnarzt war verblüfft. Da verriet ihm der Mack Erich seinen hohen Verbrauch an gelben Rüben.

Fürs Zähneputzen hatte meine Mutter immer eine Alternative parat und zwar einen Apfel vor dem Zubettgehen. Fürs Waschen gab es dagegen keine Ausweichmöglichkeit. Allerdings fehlten die sanitären Anlagen, um es sinnvoll auszuführen.

Die Badewanne stand im Keller, zusammen mit all jenen Dingen, die man nur gelegentlich brauchte. Weiße Farbe etwa, die mein Vater im Urlaub für das Streichen der Fensterrahmen verwendete, Ersatzteile für mein Fahrrad und ein Liegestuhl. Dass die Badewanne im Keller stand, ist ein Indiz dafür, welchen Stellenwert sie bei uns hatte.

Dennoch wurde sie an jedem zweiten Samstag von uns in Beschlag genommen. An den anderen

Samstagen waren mein Onkel Franz, meine Tante Cilly und meine Cousinen an der Reihe.

Meine Großmutter Amalie benutzte das Bad nur vor großen Feiertagen. Doch auch danach roch sie nicht anders als sonst. Sie sagte, dass ihre Eltern sich noch seltener, ihre Großeltern überhaupt nie gewaschen hatten. Da verstand ich, was sie meinte, wenn sie von der guten alten Zeit erzählte.

Ein Badesamstag begann damit, dass meine Mutter den Badeofen einheizte. Sobald das erste warme Wasser in die Wanne lief, machte sich mein Vater für das Bad bereit. Ihm folgte meine Mutter, meine Schwester Suse, mein Bruder Karlheinz, mein Bruder Reinhold, zuletzt ich. Die Reihenfolge änderte sich nur ganz selten. Da die Kapazität des Badeofens begrenzt war, konnte nicht jeder ein frisches Bad beanspruchen. So saß ich grundsätzlich im Wasser meines Bruders Reinhold, der es von meinem Bruder Karlheinz übernommen hatte, dieser wiederum von meiner Schwester Suse und so weiter. Ein jedes Bad aber wurde durch eine frische Ration heißen Wassers teilerneuert.

Während ich in der Wanne saß, das Wasser jedoch langsam abkühlte und sich nicht mehr korrigieren ließ, dachte ich an vieles und nichts. Eine ähnliche Erfahrung musste Friedrich Rückert gemacht haben, als er seinem Werk »Die Weisheit des Brahmanen« folgenden Sinnspruch verpasste: »Es wäscht die eine Hand die andre, wie man spricht, und beide waschen dann zusammen das Gesicht.«

An den Samstagen, an denen Onkel Franz, Tante Cilly und meine Cousinen das Bad belegten, fiel unser Waschtag auf den Sonntagmorgen. Meine Mutter bereitete in der Küche die Waschschüssel vor. Stand ich erst mit beiden Füßen drin, passte sie die Wassertemperatur noch meinen Wünschen an.

Danach setzte ich mich auf einen Hocker, wusch mir zuerst die Füße, danach Arme und Beine, zuletzt das Gesicht, manchmal auch Hals und Ohren. Da ich eine Unterhose anhatte, wurde der mittlere Teil verschont. Am nächsten Samstag, in der Badewanne, war das nicht möglich.

Wenn mein Körper wieder gereinigt war, fühlte ich mich ein wenig wie nach der Beichte. Die Spuren der Vergangenheit waren beseitigt. Das Leben hatte einiges zu tun, um neue zu setzen.

Mein Vater und die Lehrsätze des Epikur

Epikur empfiehlt im 38. Lehrsatz seiner »Philosophie der Freude«: »Lebe zurückgezogen.« Mein Vater kannte Epikur nicht. Doch hätte auch er ohne weiteres diese Empfehlung weitergeben können, denn er lebte, wenn er nicht gerade bei der Arbeit war, um mit Frau Gallus das Kantinenessen zu beurteilen, hauptsächlich auf dem Sofa. Da wir ein Radio hatten, war er aber auch hier vor der Welt nicht sicher.

Im Moment machten ihm die Russen zu schaffen, weil sie in Ungarn einmarschierten. Auch Panzer hatten sie dabei. Die Ungarn sendeten Hilferufe in alle Welt, die auch meinen Vater erreichten. Sofort ging er vors Haus, rauchte eine Zigarette und besprach mit unserem Nachbarn über den Zaun hinweg das Problem. So gerne mein Vater geholfen hätte, ihm waren die Hände gebunden. Er musste warten, bis die letzten Kriegsgefangenen aus Russland heimgekehrt waren. Erst dann konnte er etwas für die Ungarn tun.

Auch mein Bruder Karlheinz hatte Mitleid mit den Ungarn. Erst hatte ihre Fußballmannschaft das

Endspiel gegen uns verloren, nun hatten sie die Russen im Haus.

Mein Vater legte sich wieder aufs Sofa und dachte nach. Das Radio blieb an. Möglicherweise folgten weitere Hilferufe.

Meine Schwester Suse schlich gazellenhaft durch die Wohnung. Der Film »Liane, das Mädchen aus dem Urwald« hatte sie beeindruckt. Ihr Tarzan hieß aber Siegfried. Ansonsten schwärmte sie für Toni Sailer, der ebenfalls gut aussah und bei der Olympiade drei Goldmedaillen gewonnen hatte. Überhaupt war die Welt nirgendwo so in Ordnung wie im Kino. Selbst in der Wochenschau, wo aus einer amerikanischen Schauspielerin die Fürstin von Monaco wurde, hatten die Beiträge Spielfilmcharakter. Meine Schwester dachte viel darüber nach. Eine Vespa spukte außerdem in ihrem Kopf. Damit fuhr man jetzt sogar in die Flitterwochen.

Weil man überall auf der Welt über die Russen empört war, in Berlin deshalb sogar hunderttausend Menschen einen Schweigemarsch veranstalteten, schloss auch meine Großmutter Amalie sich der Empörung an. Den ganzen Abend über machte sie ein ernstes Gesicht. Das Wort Kaffee fiel nicht ein einziges Mal.

Der Zorn der Demonstranten in Paris und London richtete sich auch gegen die eigenen Regierungen, da diese zu militärischer Hilfe für die verzweifelt kämpfenden Ungarn nicht bereit waren, weil sie gerade Ägypten bombardieren mussten.

Mein Vater zuckte hilflos mit den Achseln. Da die Hilferufe aus Ungarn allmählich verstummten, schaltete er das Radio aus und zog sich wieder auf sein Sofa zurück.

Epikurs zweiter Lehrsatz lautet: »Bei den meisten Menschen ist die Ruhe Lähmung, die Bewegung Tollheit.« Mein Vater war auch hier ein Epikureer. Wenn er ruhig auf dem Sofa lag, kam sofort Bewegung in sein Leben. Kaum hatte er die Nachricht erhalten, dass Rocky Marciano nie mehr boxen würde, war er auch schon am Zaun, um mit unserem Nachbarn darüber zu debattieren, ob es denn in Ordnung wäre, dass einer nach 49 siegreichen Boxkämpfen einfach aufhörte. Danach gaben die Halbstarken, die mit ihren Mopeds die Anwohner aufscheuchten, Anlass zu einer übereinstimmenden Empörung. Ein Opel Kapitän, der gerade durch die Klosterstraße fuhr, lenkte das Gespräch jedoch in eine andere Bahn.

Unsere Soldaten waren jetzt Bürger in Uniform. Starfighter hatten sie dennoch. Ab und zu stürzte einer vom Himmel. Warum die Andrea Doria untergehen konnte? Unser Nachbar gab dem Nebel die Schuld, mein Vater hegte Zweifel am Funktionieren der Radaranlage. In Amerika konnte man das Unglück live im Fernsehen verfolgen.

Unser Nachbar war vom Fortschritt fasziniert, meinen Vater zog es auf sein Sofa zurück. Das Radio lief, weil meine Mutter es wieder eingeschaltet hatte. Freddy Quinn sang gerade »Heimweh«.

Danach kam eine Sendung, in der behauptet wurde, die Zeit der Entbehrungen wäre vorbei und die Deutschen würden zu viel Fett, Bier und Zigaretten konsumieren. Für Fett und Bier waren andere zuständig, für die Zigaretten mein Vater.

Meine Mutter hielt sich über den Stand des Gesundheitswesens auf dem Laufenden. Die Massenimpfungen gegen Polio waren umstritten, der Vorwurf, zu viel Fleisch wäre die Ursache für die Zunahme von Herz- und Kreislauferkrankungen, wurde in Prenkarts Metzgerzeitung widerlegt.

Während meine Mutter den Tod fürchtete, hatte mein Vater keine Angst vor ihm. Er meinte, so lange er da wäre, wäre der Tod nicht da, und sei der Tod einmal da, dann er nicht mehr. Dass auch dies ein Lehrsatz von Epikur war, wusste er nicht.

In Ungarn wurde der Freiheitskampf blutig niedergeschlagen. Tausende flüchteten nach Österreich. Meine Schwester sah Bilder davon in der Wochenschau, anschließend den Film »Krieg und Frieden« mit Henry Fonda.

Mein Bruder Karlheinz blickte den Sommerspielen in Melbourne erwartungsfroh entgegen. Da würde man es den Russen schon zeigen.

Obwohl die letzten Kriegsgefangenen nun heimgekehrt waren, konnte man für die Ungarn nichts mehr tun. So lag mein Vater wieder auf dem Sofa und führte, wie Epikur es gelehrt hatte, ein Leben in stiller Zurückgezogenheit, ohne überquellende Gier und Leidenschaft, ein Leben ohne Ehrgeiz. Nach diesen Weisungen schuf mein Vater sein Glück täglich neu, sofern die Welt es zuließ.

Vatertag

In der Bundesrepublik ist der Vatertag ein gesetzlicher Feiertag. Alljährlich wird er 40 Tage nach Ostern, zwischen den Sonntagen Rogate und Exaudi gefeiert. Am selben Tag ist auch Christi Himmelfahrt.

Während jedoch die kirchlichen Rituale mehr und mehr aus dem Gedächtnis der Menschen entschwunden sind und nur meine Großmutter Amalie noch wusste, dass man früher am Himmelfahrtstag eine Christusfigur an einem Seil durchs Heiliggeistloch gezogen hat, aus welchem es hernach Oblaten regnete, erdachten sich weltliche Kräfte Ende des 19. Jahrhunderts für diesen Tag den Brauch einer Herrenpartie, der bis heute weitgehend unverändert begangen wird.

Zu einem solchen Ausflug entschlossen sich mein Bruder Karlheinz und seine Apostel, in eben jenem Jahr, als erstmals zwei Affen den Flug in den Weltraum überlebten.

Die Vorbereitungen dazu trafen die Apostel in unserem Garten, indem sie einen Leiterwagen mit

Kronenbier, Wurstbroten und ähnlich Wichtigem beluden. Obwohl sie Apostel waren, wussten auch sie nicht mehr, dass an diesem Tag allein »fliegendes Fleisch« verzehrt werden durfte, sonst hätten sie sich mit Hühnchen und Tauben versorgt, nicht aber mit Landjägern, Wurstbroten und hart gekochten Eiern. Dennoch sahen mein Bruder Reinhold und ich dem geschäftigen Treiben neidvoll zu. Dass auch wir eines Tages diesen Leiterwagen beladen und damit losziehen würden, war klar, doch schien uns die Zukunft an diesem Tage unerträglich weit. Meine Mutter fürchtete, dass die Brote nicht reichten und sprach dies mehrfach aus. Meine Cousine Renate schmückte die Deichsel des Leiterwagens mit Dotterblumen und fand so als Weibsperson eine sinnvolle Beschäftigung in dieser von Männern dominierten Welt, während mein Bruder Reinhold und ich nur staunend daneben stehen konnten.

In Anbetracht der begrenzten Ladefläche, die der Leiterwagen bot, beschlossen die Apostel im Kronenkeller eine erste Rast einzulegen. Eine zweite, ausgiebigere war in Arnegg, im Grünen Baum geplant. Der Marschroute wurde zugestimmt.

Weil mein Bruder Karlheinz auch ein Handballer war, hatte er die ganze Woche darüber nachdenken müssen, ob er sich bei diesem Vatertagsausflug den Handballern oder aber den Aposteln anschließen sollte. Weil außer Vatertag aber auch Christi Himmelfahrt war, entschied er sich für die Apostel, obwohl sich die Handballer etwas Besonderes ausgedacht hatten. Mit einem Floß wollten sie die Blau hinunterfahren. Die Idee war nicht neu, hatte aber den Vorteil, dass man sich das Laufen ersparte. Ein Nachteil war, dass die Blau weder am Kronenkeller noch am Grünen Baum vorbeifloss. So mussten alle Getränke an Bord. Die Bierkästen bargen einerseits Proviant, andererseits dienten sie als Sitzgelegenheit.

Meine Mutter machte sich Gedanken. Im letzten Jahr war am Himmelfahrtstag der ägyptische Ausflugsdampfer Dandara auf dem Nil gesunken und hatte 150 Menschen das Leben gekostet. Weil der Bachner Siegfried mit auf dem Floß sein würde, machte sich auch meine Schwester Suse ein paar vage Sorgen. Doch suchte sie bald im neuen Neckermann-Katalog Zerstreuung sowie ein nicht zu teures Sommerkleid, welches ihr im Zweifelsfall über den ersten Schmerz hinweghelfen könnte. Ein Bolero-Kleid aus Seide kam in die engere Wahl. Meine Mutter schlug ihr jedoch ein zeitloses Hemdblusenkleid vor, welches billiger und durch gewisse Accessoires auch wandlungsfähig wäre. Das Wort Accessoires ersetzte sie durch Gürtel, Handschuhe und Schmuck.

Mein Vater war von den Anforderungen des Vatertags nicht begeistert. Im Krieg wäre er genug unter Männern gewesen, meinte er. Jetzt zog er die Gesellschaft meiner Mutter und die der Frau Gallus vor. Außerdem hatte er seine Pferdediebe. Auch hielt er seinen Bewegungsdrang weitgehend im Zaum. Wenn er sein Sofa verlassen musste, dann galt es, jede Anstrengung auf ein Minimum zu beschränken.

Ohnehin ging es in seinem Wildwestroman gerade drunter und drüber, weshalb mein Vater eine längere Wanderung ablehnte. Weil Vatertag war, kam er aber um einen kleinen Ausflug nicht herum. Mit meinem Bruder Reinhold und mir beabsichtigte er deshalb, einen kleinen Spaziergang an die Blau zu unternehmen. Mein Bruder Hans, der den Vatertag ebenfalls umgehen wollte, machte zum Beweis ein paar Fotos.

Während mein Bruder Karlheinz die letzten Provianttaschen auf dem Leiterwagen verstaute, diskutierten die Apostel die Ereignisse der Zeit. Obwohl mein Bruder kein Reiter war, freute er sich, dass Hans Günther Winkler auf seiner Halla den großen Preis von Rom gewonnen hatte. Weniger erfreulich dagegen war die Niederlage der deutschen Fußballnationalmannschaft gegen Schottland. Auch der Tod des Außenministers John Foster Dulles wurde allgemein bedauert.

Mittlerweile stand der Leiterwagen schon auf der Klosterstraße und die Apostel waren zum Abmarsch bereit. Kaum hatte sich der Zug in Bewegung gesetzt, den mein Bruder Reinhold und ich ein Stück weit begleiteten, schwärmte mein Bruder Karlheinz bereits vom Salenhau. Die Ehrfurcht, mit welcher er das Wort Salenhau aussprach, ließ vermuten, dass es sich hierbei um einen ähnlich heiligen Ort handelte wie den Kronenkeller oder den Grünen Baum. Die Zukunft meines Bruders war überwältigend.

Inzwischen hatte mein Vater sein Wildwestheft beiseite gelegt, seine Sonntagshose und ein weißes Hemd angezogen. Trotz der eher steifen Kleidung erweckte er den Eindruck, eine Expedition anzutreten. Ähnlich bedeutsam verabschiedete er sich auch von meiner Mutter. Hans, mein ältester Bruder, mein Bruder Reinhold und ich warteten im Garten auf ihn. Mein Bruder Hans mit Fotoapparat.

Als wir zur Blau kamen, saßen einige Männer am Ufer, jeder mit einer Bierflasche in der Hand. Es waren ehemalige Schulkameraden meines Bruders Hans mit dabei. Als sie ihn erkannten, prosteten sie ihm zu. Danach begannen sie zu singen. Mein Bruder Hans bemerkte, dass sie noch immer dieselben Lieder, die sie bei der HJ gelernt hatten, sangen. »Jenseits des Tales standen ihre Zelte« war eines davon.

Zum Mittagessen waren wir wieder daheim.

Auch am Nachmittag blätterte meine Schwester Suse den Neckermann-Katalog durch. Da bis zum Abend keine Nachrichten über Schiffsunglücke auf der Blau bekannt wurden, erstarben ihre Befürchtungen allmählich. Meine Mutter hatte in diesen Dingen die größere Ausdauer. Mehrfach schaute sie aus dem Fenster des Kinderzimmers. Ihr Blick fiel dabei auch auf den Rosenstock darunter. Vielleicht wartete auch er.

Ein Fremder im eigenen Garten

Der Tag, an dem Helga Kühne mir in Aussicht stellte, dass sie mich eventuell einmal besuchen würde, gehört zu den schönsten, aber doch merkwürdigsten, die ich als Drittklässler erleben durfte.

Ich weiß nicht mehr, was sie, die Schönste unserer an Schönheiten nicht gerade armen Schulklasse, dazu bewogen hatte, mir ihren Besuch anzukündigen. War es ein affektierter Wunsch nach Abwechslung oder steckte gar ehrliches Interesse dahinter?

Bei allem Nachdenken, ich weiß es nicht mehr, krame in meiner Erinnerung, bis ich eine Spur entdecke, einen Köder, den ich damals für sie ausgelegt hatte.

Ich hatte nämlich vor ihr damit geprahlt, dass unser Garten bis an die Blau reiche und die Apfelbäume darin die größten, die Birnbäume die ertragreichsten seien. Außerdem würden die Beerensträucher ein undurchdringliches Dickicht bilden, in welchem man sich nicht nur verheddern, sondern auch verirren und für alle Zeiten verloren gehen konnte. Da hatte sie, die Schönste der Schönen, verwöhnt mit

Dingen, die wir gerade einmal dem Namen nach kannten, angebissen und ihre Neugierde nicht bezähmen können.

»Ich will dich besuchen«, hatte sie gesagt, in tadellosem Hochdeutsch, während die Brezel, an der ich gerade kaute, mir im Hals stecken blieb und einen Hustenanfall auslöste.

»Wann?« Die Frage ging mir, infolge des Brezelhindernisses, mühevoll über die Lippen.

»Heute Nachmittag?«, sagte sie, mit einem kleinen Fragezeichen am Ende.

»Okay«, sagte ich und wählte damit die kürzeste, doch prägnanteste Form der Zusage. Auch hustete ich nicht mehr und hatte den Rest der Brezel wie auch die ganze Situation nun fest im Griff.

Auf dem Heimweg, entlang des Rio Pecos, dachte ich an den Tag unserer gemeinsamen ersten heiligen Kommunion zurück. Damals bildeten wir ein Paar und ich hatte neben ihr zum Altar schreiten dürfen. Etwas vom Glanz, der sie umgab, war so auch auf mich gefallen. Doch wie unbedeutend war ich neben ihr gewesen, mit meinen lackglänzenden Gondeln, die sich Schuhe nannten, und dem Anzug, aus welchem mein Bruder Reinhold herausgewachsen war.

Doch dann dachte ich, dass der Garten ein anderes Terrain war, ein Terrain, in dem ich als Herr und Herrscher regierte. Und als ich lange genug an den

Herrscher gedacht hatte, begann ich zu überlegen, wann dieser Nachmittag endlich anfing.

Zum Mittag hatte es süße Waffeln gegeben. Ich konnte sie nicht genießen. Ich musste an Helga Kühne denken. Das Apfelmus, ich ließ es unberührt. Ich wartete. Wann fing dieser Nachmittag denn endlich an? Ich ging nach draußen, in den Garten, auf die Straße. Schaute, als müsste ich die Helga Kühne herbeischauen.

Dann kam sie endlich oder war plötzlich da. Wie aus dem Erdboden gewachsen oder wie einem Feenreich entsprungen.

Wie klein war unser Garten plötzlich, wie armselig die Hütten und wie erbärmlich die paar Hecken, an denen ein paar dürftige Beeren hingen. Die unbewohnten Hasenställe sahen schäbig, ja abgerissen aus, und in ebenso beklagenswertem Zustand war die Wiese, auf denen ein paar kümmerliche Apfelbäume standen. Jämmerlich war das. Und ich schämte mich, weil ich ein Angeber war.

Doch dann wurde ich von Helga Kühne mit einem einzigen Wort überrascht. Sie sagte: »Schön«. Das Wort rieselte über meine Haut wie ein sanfter Sommerregen. Und als sie mir ihre Hand hinstreckte und dann nach der meinen fasste und mich mitzog, als hätte sie mir und nicht ich ihr etwas zu zeigen, da fühlte ich mich wie ein Fremder im eigenen Garten.

»Schau den Vogel im Apfelbaum«, sagte sie. Helga Kühne sprach hochdeutsch. Und der Vogel, eine Amsel vielleicht oder gar nur ein Spatz, gewann so an Wichtigkeit, dass ich staunend ihn im Geäst betrachtete.

»Die herrlichen Äpfel!«

Oh ja, sie waren fast reif und hingen dicht an dicht.

»Und die Birnen!«

Eine fiel gerade vom Baum. Ich hob sie auf, gab sie ihr, und sie biss gleich hinein, so kräftig, dass der Saft in ihren Mundwinkeln perlte. »Köstlich«, sagte Helga Kühne, mit vollem Mund, aber hochdeutsch.

Sie stieg aufs Hüttendach, kletterte mir voran und zog mich zu sich hoch, zeigte mir den Blick in die Weite. Da lag die Wiese ausgestreckt unter uns und der Erdhügel, auf welchem nur Unkraut wucherte, räkelte sich wie ein satter Bauch. Die Blau, ein reißender Strom sonst, schaukelte gebändigt dahin.

»Sieh nur, die Tiere!«, sagte sie.

Die Truthähne von Wachters Garten sträubten ihr Gefieder, fächerten, ließen ihre Schwingen hängen und begannen zu kollern.

Ausgelassen rief ich: »Mei Rot isch viel scheener, viel scheener!«

Sie lachte und sprang von der Hütte.

Sie rief: »Fang mich«, und verschwand in den Beeren.

Ich folgte ihr und rief sie beim Namen. Dicht war das Gestrüpp, dicht wie der Bart von Zwergen. Ich horchte. Auf ein Rascheln, ein Atmen vielleicht, auf das Brechen eines Zweiges. Aber alles war still.

Ich ging weiter und weiter, krabbelte unter den Sträuchern und verharrte, horchte noch einmal. Aber alles war still, still wie ein Mondlicht, das durch die Nacht spaziert.

Helga Kühne! Wie aus dem Erdboden gewachsen saß sie plötzlich zwischen den Beeren, direkt vor mir, als wäre sie aufgetaucht aus einem Feenteich, der ihr Zuhause war.

Sie weinte. Eine einzige Träne nur, die unterwegs zu ihrer Nase war. Ein Dorn steckte in ihrem Arm. Ich zog ihn heraus. Es blutete. Ich legte meinen Mund auf die Wunde und sog daran.

Sie lachte. Und sagte: »Jetzt gehen wir verloren.«

Ich schaute mich um. Das Dickicht war undurchdringlich. Ein Irrgarten, aus dem kein Weg hinausführte. Wir hielten uns an den Händen. Wir waren verloren.

Da schlug die Kirchenglocke fünf.

»Jetzt muss ich nach Hause«, sagte Helga Kühne, leise flüsternd, aber hochdeutsch, und schnappte sich noch eine Traube mit Beeren. Und während sie sich die kleinen, runden Kugeln in den Mund stopfte, da schrumpfte das Beerengestrüpp zusammen und ließ uns frei. Und während die Bäume wieder Bäume und die Spatzen wieder Spatzen wurden, schaute ich ihr nach, wie sie hinter der Gartentür verschwand. Die Hütte aber war jetzt ein Schloss und der Garten hieß nicht mehr Garten, sondern Giardino vielleicht, weil das fremd klang, so fremd, wie der Garten mir war.

Dann rannte ich zur Gartentür, um ihr nachzuschauen. Aber sie war weg, oder vielleicht niemals da, ich weiß es nicht mehr.

Der Kurgast

Weil mein Vater krank war, bekam er am Abend Gelbwurst zu essen. »Gelbwurst ist Krankenwurst«, sagte meine Mutter. Meine Großmutter brachte ihm außerdem ein Fläschchen Klosterfrau Melissengeist. »Der hilft für älles«, sagte sie.

Obwohl mein Vater auch an den folgenden Abenden sowohl Gelbwurst als auch einen Teelöffel Klosterfrau Melissengeist zu sich nahm, wurde er nicht gesund. Und so musste mein Bruder Reinhold den Dokter Grünler holen. Da mein Vater mittlerweile gelb im Gesicht war, wusste Dokter Grünler auch gleich, welche Krankheit mein Vater hatte, es war Gelbsucht. Dass er auf Diät gesetzt wurde, machte dem Kranken nichts aus. Die Hauptsache war, er durfte rauchen.

Es dauerte eine Zeit lang, bis mein Vater das Bett wieder verlassen durfte. Als es so weit war, war er aber immer noch nicht gesund. Dokter Grünler schickte ihn deshalb in dic Kur.

Der Ort, wo mein Vater die nächsten vier Wochen verbringen sollte, hieß Bad Mergentheim. Beim

Kofferpacken achtete er darauf, dass die Wildwestromane Platz hatten. Es war mir peinlich, dass er mich beim Abschied auf die Wange küsste, weil derlei Gefühlsausbrüche bei uns nicht üblich waren.

Kaum war mein Vater ein paar Tage weg, kam auch schon Post von ihm. Seit dem Krieg hatte meine Mutter keinen Brief mehr von ihm bekommen; nur einmal eine Postkarte vom Bodensee, als er mit mir in Konstanz bei Tante Berta war. Weil der Brief auch an meinen Bruder Reinhold und mich gerichtet war, las meine Mutter ihn vor.

Mit dem Essen wäre er zufrieden, schrieb er. Ansonsten würde aber zu viel gebadet und viel zu viel Bewegung verlangt.

Obwohl mein Vater sich schonte und jeden unnötigen Schritt vermied, brauchte er zum Gehen inzwischen einen Stock.

Meine Mutter antwortete auf seinen Brief noch am selben Abend. Sie fragte ihn darin, ob er bereits einen Kurschatten hätte.

Weil mein Vater in Kur war, spielte sich mein Bruder Reinhold jetzt als Herr im Haus auf. Dadurch geriet einiges außer Kontrolle. Und ich war drauf und dran, zumindest einen Tag lang zu verwahrlosen. Mein Bruder Karlheinz war so gut wie nie zu Hause. Er verbrachte die Abende weiterhin mit seinen Aposteln oder mit einer Schuhverkäuferin.

Die Tage, die nun kamen, waren an sich schon aufsässig, und so war es nur logisch, dass ich, zumindest einen Nachmittag lang, zu den Bösen gehörte. An jenem Nachmittag schloss ich mich nämlich den Spreng-Zwillingen an, die mich ins Neubaugebiet schleppten, wo sie mir zeigten, was man in Rohbauten alles anstellen konnte. Zunächst erklärten sie mir, dass man das Schild »Betreten der Baustelle verboten, Eltern haften für ihre Kinder« schlichtweg ignorieren musste. Danach kamen die Spreng-Zwillinge auf die Idee, die Leiter, mit welcher man zu den oberen Stockwerken gelangen konnte, zu entfernen. Die Tat wurde als Sabotageakt bezeichnet. Ferner wurde der Standort aller losen Gegenstände neu festgelegt, was ihrer ursprünglichen Bestimmung abträglich war. Auch war es wichtig, sämtliche Eimer, ob leer oder gefüllt, umzuwerfen. Als die Rohbauten nichts mehr hergaben, entschlossen wir uns zu einem Raubzug durch die Krautgärten. Die Äpfel waren jetzt reif. Einen Teil der Beute verzehrten wir an Ort und Stelle, den Rest benützten wir als Wurfgeschosse. Sieben Straßenlaternen waren eine gute Trefferquote. Einen Erstklässler hielten wir gefangen, und während der versuchen musste, ein Pfennigstück aus einem gespannten Taschentuch zu blasen, pissten ihm die Spreng-Zwillinge in seine Hosentaschen. Allen Leuten, denen wir unterwegs begegneten, sagten wir Ausdrücke oder ließen sie an unseren Furzgeräuschen teilhaben.

Ich drohte, auf die schiefe Bahn zu geraten. Und machte mir latente Sorgen.

Auch meine Mutter machte sich Sorgen. Sie wollte mit meinem Bruder Reinhold und mir um fünf Uhr ins Turnerheim zum Sulzenessen gehen. Leider hatte ich das während meiner kriminellen Tätigkeiten vergessen. Als ich nach Hause kam, standen die zwei schon fertig angezogen bereit. Meine Mutter hatte ihre Kittelschürze abgelegt und ein Kleid für besondere Anlässe angezogen. Mein Bruder seine Sonntagshose. Beide schauten mich strafend an und drohten, ohne mich zum Sulzenessen zu gehen.

Da wurde ich gleich wieder aufsässig und drohte meinerseits, mich mit den Spreng-Zwillingen an weiteren Raubzügen zu beteiligen, denn noch haftete der Geruch des Bösen an mir.

Meine Mutter schaute mich nun nicht mehr strafend, sondern, was schlimmer war, abweisend an. Auch mein Bruder Reinhold ignorierte mich. Einen Moment lang fühlte ich mich, als wäre ich nicht vorhanden.

Als meine Mutter und mein Bruder sich auf den Weg machten, schlich ich ihnen hinterher. Zuvor hatte ich noch meine Hände gewaschen und den

Kamm benützt. Dabei war auch der Geruch des Bösen mit abgegangen.

Mein Bruder Reinhold übte sich darin, sich nicht ein einziges Mal nach mir umzudrehen. Meine Mutter dagegen schaute bereits wieder nach mir und akzeptierte mein Vorhandensein.

Am Blauweg lauerten mir die Spreng-Zwillinge auf, aber ich ließ mich nicht mehr anwerben. Die Raubzüge mussten ohne mich stattfinden. Die Spreng-Zwillinge verhöhnten mich deswegen und zogen Grimassen.

Im Turnerheim erlaubte mir mein Bruder Reinhold, dass ich mich zu ihnen setzte. Meine Mutter bestellte die Sulzen. Als sie serviert wurden, sprach sie mich an. Sie sagte: »Iss dei Sulz!«

Ich war froh, dass zwischen mir und meiner Mutter nun wieder alles in Ordnung war und sie es dabei vermied, mich deshalb gleich auf die Wange zu küssen.

Nach drei Wochen schrieb mein Vater einen zweiten Brief. Er gestand meiner Mutter darin den Kurschatten ein.

Meine Mutter meinte, es wäre jetzt an der Zeit, dass diese Kur ihr Ende fände. Auch ich war froh, als mein Vater sein Dasein als Kurgast beendete und wir ihn vom Zug abholen durften. Mein Bruder Reinhold trug seinen Koffer.

Kaum war mein Vater zu Hause, legte er sich auch schon aufs Sofa und nahm sich einen Wildwestroman vor. Meine Mutter wollte ihm ein Gläschen Himmlisches Moseltröpfchen auftischen, mein Vater musste jedoch aus medizinischen Gründen ablehnen. Von seinem Kuraufenthalt erzählte er nicht mehr als das, was er uns schon in seinen beiden Briefen mitgeteilt hatte. Alles in allem wäre seine Kur eine abwechslungsreiche Angelegenheit gewesen, nur zum Lesen wäre er nicht gekommen.

Noch eine Fußballgeschichte

Mit dem Baumeister Walterle stand ich Abend für Abend an der Herrlinger Straße und wartete auf den roten Sportwagen, in welchem unser Nationaltorhüter Wolfgang Fahrian mit einer wechselnden Blondine vorüberfuhr.

Da ich selbst inzwischen Torhüter war, fühlte ich eine gewisse Verwandtschaft zwischen uns. Dennoch wagte ich nicht, ihm zu winken. Ich tat eher, als wäre ich zufällig an der Herrlinger Straße, und achtete darauf, dass mein verstohlener Blick extrem teilnahmslos wirkte. Das Baumeister Walterle dagegen starrte auf das offene Cabriolet und zerrte an meinen Arm, weil ihn mein vorgetäuschtes Desinteresse verwirrte. Seine Aufmerksamkeit richtete sich allerdings allein auf den Sportwagen.

Wenn dieser mit unserem Nationaltorhüter und einer Blondine vorbei war, hatte ich Lust auf ein Training. Das Baumeister Walterle musste mir dazu Bälle aufs Garagentor schießen. Er bezwang mich kein einziges Mal. Am kommenden Samstag würde es schwerer werden, da war das Spiel auf dem Eselsberg gegen den VFB angesagt, der Tabellenführer war.

Unser Trainer hieß Herr Benz. Er trug immer einen Trenchcoat wie Sepp Herberger. Auch bei schönem Wetter. Und wie bei Sepp Herberger konnte man auch in seinem Gesicht nicht lesen, was er gerade dachte.

Für das Spiel gegen den VFB verfolgte er dieselbe Strategie wie Sepp Herberger einst beim ersten Ungarn-Spiel bei der Weltmeisterschaft 1954, als er zur Verwunderung aller seine B-Elf auflaufen ließ.

Statt mit der stärksten Mannschaft anzutreten, ließ deshalb auch Herr Benz die Ersatzspieler ran. Der Frey Hans war beglückt. Wäre das Baumeister Walterle im Verein gewesen, wäre auch er aufgestellt worden.

Vor dem Spiel machte der Trainer uns Mut. Er sagte: »Der Ball ist rund, und ein Spiel dauert neunzig Minuten.« Womit er wieder unserem Bundestrainer nacheiferte. Zuletzt gab er uns genau jenes Ansinnen mit, welches auch der Bundestrainer vor jedem Spiel seiner Elf mit auf den Weg gab: »Tore verhindern und Tore schießen, das ist meine einzige Forderung.« Der Mack Erich schoss zwei Tore und erfüllte eine Hälfte davon. An einen Sieg war dennoch nicht zu denken, weil der Hoeness Uli beim VFB spielte. Zwar stellte der Frey Hans sich ihm oft geschickt in den Weg, meist mit der ganzen Fülle seines Körpers, ganz ausschalten konnte er den Hoeness Uli dadurch allerdings nicht.

Nach Jean-Paul Sartre ist jener ein guter Torwart, der durch individuelle Handlungen, das heißt durch eine Überschreitung seiner Machtbefugnisse in einer schöpferischen Praktik, seine Mannschaft mehrfach vor einem Gegentor rettet. An diesem Nachmittag war mir Sartre sehr nah. Dennoch konnte auch er nicht verhindern, dass der Hoeness Uli zwei Tore schoss. Und so endete das Spiel unentschieden zwei zu zwei.

Weil die Ungarn damals mit acht zu drei gewonnen hatten, konnte unser Trainer mit dem Ergebnis nicht zufrieden sein. Doch sagte er uns aufmunternd in der Kabine: »Nach dem Spiel ist vor dem Spiel.«

Während Herr Benz und meine Kameraden schon den nächsten Gegner im Visier hatten, dachte ich an den kommenden Montag. Da würde ich wieder pünktlich um fünf Uhr mit dem Baumeister Walterle zur Herrlinger Straße gehen, um auf den roten Sportwagen zu warten, in welchem Wolfgang Fahrian vorbeifahren würde. Bei schönem Wetter mit offenem Verdeck und mit einer Blondine auf dem Beifahrersitz, die ihn auch während der Fahrt anhimmelte, während ihre Haare waagerecht in der Luft lägen – wie ein fliegender Torwart beim Elfmeter.

Verletzungen

Mein Onkel Franz hatte mir zu meinem sechsten Geburtstag eine Autorennbahn aus massivem Blech geschenkt, bei der man zuerst die einzelnen Bahnabschnitte ineinander fügen musste, damit am Ende eine Rennbahn entstand.

Da ich beim Bau der Rennbahn ein Stück meines kleinen Fingers verlor, war mein Onkel Franz in der bedauernswerten Position, sich mit seinem Geschenk auch massive Vorwürfe eingehandelt zu haben.

Während dieser Vorwürfe zog sich meine Mutter die Kittelschürze aus und schleppte mich zu den Clarissenschwestern. Weil es Sonntag war und es sich lediglich um die verloren gegangene Kappe meines kleinen Fingers handelte, wollte sie den Dokter Grünler nicht behelligen. Die Clarissenschwestern, die im Krankendienst bewandert waren, verfügten über Jod und Verbandszeug. Als sie das Jod auf meine Wunde tupften, heulte ich vor Schmerzen.

Eine Clarissenschwester beruhigte mich: Es hätte auch der Kopf sein können. Dass sie psychologisch geschult waren, zeichnete sie aus.

Die Clarissenschwestern waren auch für die Erziehung der Kinderschüler zuständig. Weil der Ruoß Seppl frech war, setzten sie ihn gelegentlich auf den großen Kachelofen. Dort saß er dann, bis sein Hintern so heiß war, dass er schrie. Weil die Clarissenschwestern gläubig waren, hatten sie sofort Mitleid und holten ihn wieder vom Ofen herunter. Zum Trost verrieten sie ihm, dass es in der Hölle wesentlich heißer wäre. Dennoch schrie der Ruoß Seppl noch eine ganze Weile weiter.

Eine weitere nennenswerte Verletzung fügte ich meinen linken Ellbogen zu. Dies gelang mir während einer Turnstunde. Obwohl ich bloß ein Erstklässler war, nahm mein Bruder Reinhold mich damals in die Vereinsturnstunde mit. An dem entscheidenden Abend versuchten wir einen Staffellauf mit Medizinbällen. Als ich an die Reihe kam und der Medizinball auf mich zurollte, nahm ich kräftig Anlauf. Dass ich dabei das Gewicht des Medizinballes unterschätzt hatte, mag der Grund dafür gewesen sein, warum dieser liegen blieb, ich jedoch über ihn hinwegflog und dabei meinen Ellenbogen opferte. Der Dokter Grünler behandelte mich fachmännisch. Er schiente mir den Arm gleich so, dass mir später sogar der Wehrdienst erspart blieb.

Sein Spezialgebiet waren allerdings die Herzanfälle meines Vaters. Mit einer einzigen Spritze schaffte er es, meinen Vater wieder so weit herzurichten, dass er rauchen konnte. Weil mein Vater evangelisch war, wären die Clarissenschwestern ohnehin nicht für ihn zuständig gewesen, auch sonntags nicht.

Einmal fuhr eine schwarze Limousine durch die Klosterstraße. Sie bewegte sich wie ein Ozeandampfer in einer eigens für sie vorgesehenen Fahrrinne. Es war beeindruckend, gleichzeitig aber eine Provokation, was mich veranlasste, die Limousine mit einer Hand voll Kieselsteinen zu bewerfen.

Dass der Fahrer ausstieg, überraschte mich, mehr noch, dass er mich augenblicklich als Täter ausmachte. Er läutete kurz darauf an unserer Haustür und sprach mit meinem Vater.

Mein Vater schaute ängstlich auf die schwarze Limousine auf der Straße. Er sah fast so ängstlich aus wie bei einem Herzanfall. Später rief er mich herein und legte mich übers Knie. Während er zuschlug, zählte er auf, was da für Kosten auf uns zukommen könnten. Es war das einzige Mal, dass er mich in dieser Form strafte. Ein Beweis, dass er den Klassenkampf ablehnte.

Der Bergner Horst musste einmal aufs Gericht, weil er von einem Bauarbeiter missbraucht worden war. So schlimm der Anlass auch war, ein wenig stolz darüber, dass er vor Gericht stehen und eine

Aussage machen durfte, war der Bergner Horst trotzdem. Uns grinste er bitter an, hielt sich dabei den Hintern und sagte: »'s hot weh doa.« Psychische Folgeschäden blieben ihm zum Glück erspart.

Einmal bin ich in der Faschingszeit mit dem Mack Erich und dem Maichel Bernd zum Westplatz gezogen. Weil wir als Indianer verkleidet waren, trauten wir uns mehr als sonst. Ich warf einen Schneeball ans Schaufenster der Gärtnerei Hau. Der Hau Uli, der gerade eine Lehre im elterlichen Betrieb machte, kam heraus und schlug mir ins Gesicht. Dass er einen Indianer ohrfeigte, konnte ich ihm nicht verzeihen. Nur sein Tod würde die Sache wieder halbwegs in Ordnung bringen. Ihn danach zu skalpieren, wäre ebenfalls angemessen. Auf dem Heimweg räumte ich ihm allerdings ein, dass, wer so heißt, vielleicht einfach zuschlagen muss.

Größere Verletzungen blieben mir zum Glück erspart, ein Grund, warum ich noch heute gelegentlich den kleinen Finger meiner rechten Hand ans Licht halte, um zu schauen, was mir die Rennbahn, die mein Onkel Franz mir vor vielen Jahren geschenkt hatte, angetan hat. Die Verletzung ist noch immer sichtbar. Nur die Clarissenschwestern sind fort.

Weltspartag

Nach Kostolany bedeutet Geld vor allem Energie und hat als solche stets zu fließen. Obwohl ich erst in der dritten Klasse war, hielt ich mich daran. Ich ließ mein Geld zum Bäcker Wilhelm fließen, zur Frau Thomas, die den Lebensmittelladen an der Ecke zur Meinlohstraße betrieb, und häufig auch bis zum Westplatz. Dort konnte man für zehn Pfennig gebrauchte Sigurd-Hefte kaufen.

Dass Kostolany damals in Söflingen so gut wie unbekannt war, mag ein Grund dafür gewesen sein, warum man uns in dem Irrglauben erzog, dass das Horten von Barem, im Volksmund schlicht Sparen genannt, der einzig erstrebenswerte Umgang mit Geld wäre.

Wie ernst es unseren Erziehern damals war, zeigt die Tatsache, dass wir als Drittklässler neben Erd- und Naturkunde auch noch ein drittes, zusätzliches Fach bekamen: das Schulsparen.

Die Einführung dazu nahm der Direktor der Sparkassenfiliale selbst vor. Nach seiner Laudatio auf das Sparen verteilte er die Spardosen unter uns.

Die waren schwarz und hatten die Form doppelstöckiger Särge. An der Stirnseite dieser Särge klaffte ein gefräßiger Schlitz, groß genug, um jede Münze problemlos schlucken zu können. Der Direktor demonstrierte den Einwurf eines Geldstücks und wir Schüler sollten dabei dem Geräusch der fallenden Münze lauschen. Weil dieser Klang aber nicht die erhoffte Begeisterung in uns weckte und wir dem Geld, welches er soeben begraben hatte, eher nachtrauerten, erzählte er uns anschließend eine Stunde lang alles übers Sparen, was wir als Drittklässler nicht unbedingt wissen wollten. Zudem zweifelten wir an seiner Behauptung, das Geld würde auf dem Sparbuch arbeiten. Nur der Ruoß Seppl, der unser bester Rechner war, räumte ein: »Arbeiten ja, aber für einen Hungerlohn.«

Die Spardosen wurden jetzt mit unseren Namen beschriftet und unserer Lehrerin, Frau Dreiseitl, zur Aufbewahrung anvertraut. Jeden Montag nach dem Morgengebet holte sie diese fortan aus ihrem Schrank, und es erfolgte das Schulsparen, an welchem sich zunächst alle, mit der Zeit aber immer weniger Schüler beteiligten, was zur Folge hatte, dass das Schulsparen irgendwann wieder aus dem Unterrichtsplan verschwand.

In unserer Familie nahm das Sparen ohnehin keine großen Formen an. Das wenige Geld, welches meine Mutter sparen konnte, versteckte sie an mehreren Stellen in der Wohnung. Einem etwaigen Einbrecher wollte sie es nicht leicht machen.

Das Wirtschaftsgeld lag neben dem Brotkipf auf dem Schlafzimmerschrank. Es steckte in einem der grünen Kuverts, in denen mein Vater seinen Lohn erhielt.

Außer meinem Bruder Reinhold gab es kaum nennenswerte Sparer in der Familie. Er bekam zum Geburtstag dann auch eine zweite Spardose. Das Besondere daran war, dass man das Geld nicht selbst einwerfen musste, sondern dass dies ein Specht besorgte, welcher das Geld aus einem eigens dafür eingerichteten Futterschlitz pickte. Dies hatte zweifelsohne den Vorteil, dass man die ganze Verwandtschaft in dieses Schauspiel mit einbinden konnte. Mein Bruder Reinhold hörte auch den Klang einer in die Spardose fallenden Münze sehr gerne. Obwohl im Buch Sirach ausdrücklich davor gewarnt wird: »Wer das Geld lieb hat, der bleibt nicht ohne Sünde«, pflegte er leidenschaftlich diese Liaison.

Für ihn war der Weltspartag deshalb auch immer ein besonderer Tag. Die Vorstellung, dass auf der ganzen Welt gleichzeitig gespart wurde, konnte ihm einen Schauer über den Rücken jagen. Während ich das Geld nur zur Bank trug, um es vor mir in Sicherheit zu bringen, war es für meinen Bruder Reinhold eine Angelegenheit, der er jedes Jahr entgegenfieberte.

Bereits beim Mittagessen wurde er unruhig. Obwohl es Miracoli gab, schlang er, was nicht seinem Naturell entsprach, das Essen hinunter. Danach packte er seine beiden Spardosen und machte sich auf den Weg zur Söflinger Kreis- und Stadtsparkasse. Ich schloss mich ihm halbherzig an. Auch die Wachter Hedwig begleitete uns. Sie hatte außer ihrer Spardose noch Geld in der Manteltasche, welches sie mehrfach unterwegs zählte. Jedes Mal brachte sie eine andere Summe heraus. Dass sie beim Bäcker Wilhelm dann noch einen Mohrenkopf kaufte, machte die Rechnerei nicht leichter.

Die Wachter Hedwig und ich begleiteten meinen Bruder Reinhold aber vor allem wegen der Geschenke, die man heute fürs Sparen bekam. Aus demselben Grund hatte sich deshalb auch eine zehn Meter lange Schlange vor dem Schalter gebildet. Der Mack Erich und der Maichel Bernd gehörten dazu.

Die beiden Spardosen meines Bruders Reinhold waren prall gefüllt. Als die Kassiererin das Geld zählte und den Betrag von siebenunddreißig Mark fünfzig in sein Sparbuch eintrug, war mein Bruder Reinhold stolz und seine Augen leuchteten noch mehr als die nagelneuen Zehnpfennigstücke, auf denen die Sonne, die durchs Fenster fiel, sich just in diesem Augenblick spiegelte.

Aus der Spardose der Wachter Hedwig kam neben gezählten vier Mark siebenunddreißig, die ins Sparbuch eingetragen wurden, auch allerhand Spielgeld zutage. Trotz Hedwigs Protest wollte es die Kassiererin nicht annehmen. Auch der Mack Erich traute der Kassiererin nicht recht. Skeptisch betrachtete er den Betrag, den sie in sein Sparbuch eintrug. Für eine höhere Summe fehlten ihm jedoch die Beweise. Nur der Maichel Bernd schaute zufrieden auf die neue Zahl, die jetzt in seinem Sparbuch stand. Er meinte aber, dass dies alles für sein Medizinstudium draufgehen würde.

Die Geschenke, Luftballons und Papiertröten, versöhnten uns aber alle.

Die Spreng-Zwillinge kamen, da sie nichts gespart hatten, ohne Spardosen zur Bank, hatten dafür aber ihre Wasserpistolen dabei. Damit keiner sie erkannte, trugen sie Augenmasken. Mit gezückten Waffen forderten sie die Geschenke, die an die Sparer verteilt wurden. Dabei verstellten sie ihre Stimmen. Die Kassiererin wollte die Alarmanlage in Gang setzen, aber der Bankdirektor hielt sie zurück und ging auf die Forderungen der Bankräuber ein. Die Spreng-Zwillinge zogen mit der Beute ab und überlegten, wo es noch eine Bank gab, die sie überfallen könnten.

Mein Bruder Reinhold hatte eine weitere Spardose geschenkt bekommen. Er warf sie auf dem Heimweg ab und zu in die Luft. Noch war sie federleicht. Er wusste aber, so leicht würde sie nicht lange bleiben.

Der philosophische Garten

Manchmal ging ich mit meinem Nebensitzer Reinhard Allinger in unseren philosophischen Garten, weil dies der einzige Ort war, wo sich unsere losgelösten Gedanken richtig austoben konnten.

Da der Allinger Reinhard weder Fußball spielte, noch sich sonst irgendwie körperlich engagierte, war er in diesem Garten freilich mehr zu Hause als ich. Doch fühlte ich mich an seiner Seite immer wohl und, wenn wir den Garten verließen, auf wundersame Weise geordnet.

Wie Descartes sah auch der Allinger Reinhard in der Vernunft die Grundlage aller Erkenntnis. Und so wunderte es niemanden, dass Hegels Lehrsatz »Was vernünftig ist, das ist wirklich; und was wirklich ist, das ist vernünftig« ganz dem Lebensprinzip des Allinger Reinhard entsprach. So waren Hausaufgaben bei ihm unumgänglich, Fleißaufgaben folgerichtig und die Auswahl seiner Lektüre musste Hand und Fuß haben. Wenn er mir zuredete: »Manfred, sei gscheit!«, dann lief auch ich

Gefahr, die Vernunft zu meinem Lebensmotto zu machen.

Dann und wann wurde er allerdings zum Skeptiker und erhob den Zweifel an der Erkenntnis zum Prinzip seines Denkens.

Dies war meist der Fall, wenn wir über Frauen diskurrierten. Der Allinger Reinhard über seine Mutter, ich über die Wachter Hedwig.

Obwohl Reinhards Mutter nur das Beste für ihn wollte, hatte er doch zuweilen Zweifel. Dieses Lernen um jeden Preis! Manchmal schreckte ihn der gerade Weg, den seine Mutter für ihn, mit Schopenhauer im Rücken, abgesteckt hatte: »Die Welt ist an sich Wille. Streben als Selbstzweck ist die jenseits von Raum und Zeit liegende Triebfeder der Welt.« Reinhards Gegenargument: »I han koi Luscht«, war äußerst brüchig. Aber war es wirklich sein Lebensziel, einmal Schulrektor zu werden? Womöglich an genau der Schule, in die er vor nicht einmal zwei Jahren als Schüler eingetreten war? Noch blieb ihm etwas Zeit zur Umkehr. Bald aber würde er ein Drittklässler sein und damit in die Ära der ersten lebensbestimmenden Entschlüsse treten.

Es seiner Mutter Recht zu machen, ohne sich dabei selbst zu verleugnen, gehörte aber zu den großartigen Balanceakten meines Nebensitzers. Er unterstrich dies meist mit Seneca: »Wenn eine Frau zu dir spricht, so lächle, aber höre ihr nicht zu.«

Während der Allinger Reinhard sich in dieser Phase dem Subjektivismus zuwendete, Berkeley nacheiferte und tönte: »Das Ich steht im Mittelpunkt der Erkenntnis«, was in seiner Übertragung: »Ma muss doch wissa, was ma will«, lautete, hatte ich krampfhaft versucht, Tugend und Lebensfreude zu vereinen, wie Epikur es bereits im Jahre 300 vor Christi Geburt empfohlen hatte, wobei die Lust vergeistigt werden sollte, was mir aber, trotz aller Anstrengung, nicht gelang. Zu sehr war die Lust dem Fleische untertan und der Geist dadurch chancenlos.

Im Gegensatz zu Reinhards Mutter war die Wachter Hedwig dem Irrationalismus zugetan. Ihre ganze Erkenntnis, einschließlich ihrer Rechtschreibung, beruhte auf Intuition und Inspiration. Kritizismus, im Sinne Kants, lehnte sie ab.

Unser Lehrer, Herr Schiele, akzeptierte ihren Standpunkt, war bei der Zeugnisverteilung jedoch an Regeln gebunden, die man seit den Scholastikern als dogmatisch bezeichnet. Ihre Versetzung war dennoch nicht gefährdet.

Dass sie schon jetzt für ihre Aussteuer sammelte, stimmte mich allerdings nachdenklich, da jeglicher Pragmatismus ihr fremd schien und weder Nützlichkeit noch Lebenspraxis Voraussetzungen ihrer Erkenntnis waren.

Dass sie dennoch eine gute Partie abgeben würde, unterstreicht Voltaire mit der These: »Eine einfältige Frau ist ein Segen des Himmels.«

In den philosophischen Garten hätten wir die Wachter Hedwig ohnehin nicht mitgenommen. Er gehörte ein wenig mir, mehr aber noch dem Allinger Reinhard, der niemals auf einen Baum geklettert war, dafür mehrmals täglich über den Zaun, der unseren philosophischen Garten von der übrigen Welt trennte.

Dort, so schien es, war er wirklich zu Hause. Da kletterte er schwindelfrei in den Verästelungen aus Fragen und Einsichten, aus vager Hoffnung und Zweifel. Da stand er auf der Schulter von Riesen und pflückte vom Baum der Erkenntnis. Und wurde nicht satt.

Warum waren Geist und Materie ihrem Wesen nach verschieden?

Und warum wusste der, der nichts wusste, am meisten?

Gab es aber einen Gott, dann hing alles von ihm, der laufend in das Weltgeschehen eingriff, ab.

Manchmal zitierte der Allinger Reinhard Schopenhauer und sagte: »D' Welt isch schlecht.« Dann lag ihm eine Ungerechtigkeit oder die Dummheit der anderen im Magen.

War die Welt, wie sie bestand, gut, dann hatte Leibniz oder zumindest eine verständige Mutter die Finger im Spiel.

Wir aber, der Allinger Reinhard und ich, waren Abenteurer, denn was ist Philosophie anderes als der Mut, in einen Irrgarten einzutreten und nach wenigen Schritten nicht mehr zu wissen, wo die Eingangstür ist.

Die Lalla

Der Weg zur Blau führte uns an der Lalla vorbei. Die saß am Fenster und schaute heraus. Wenn sie uns erblickte, winkte sie, lachte und rief: »Lalla«.

Ich weiß nicht, wie alt die Lalla damals war, vielleicht so alt wie meine Schwester Suse, vielleicht etwas jünger, ich weiß nur noch, dass wir ihr jedes Mal lachend zurückgewunken haben und mein Bruder Reinhold ihr manchmal eine Kusshand zuwarf und ihr »Lalla« mit einem eigenen »Lalla« erwiderte.

»Lalla« war das einzige Wort, das sie sprechen konnte. Doch schien es, als beinhalte dieses ihr »Lalla« eine ganze Welt, zu der wir keinen Zutritt hatten.

Meine Mutter meinte, sie sitze am Fenster wie in einem Käfig. Ich fand das nicht. Wenn einer in einem Käfig saß, dann unser Schuster Karl Grosser, weil er der Vorsitzende des Söflinger Vogelschutzvereins war. Bei ihm fanden jede Menge Vögel, die irgendein Problem hatten, Unterschlupf. Die ganze Wohnung stand voller Käfige, ja, sie schien ein einziger Vogelkäfig zu sein. Weil meine Cousine Renate, mein Bruder Reinhold und ich damals für den Kinderumzug proben mussten, waren wir bei ihm, denn es war selbstverständlich, dass der Vogelschutzverein einen Festwagen beim Kinderumzug stellte. Der Festwagen sollte eine Waldlandschaft mit allerhand Tieren darstellen. Die Vögel waren in der Überzahl. Im Wald sollte sich das Rotkäppchen verirren. Weil auch der Schäferhundverein Rotkäppchen zum Thema hatte, kam es im Vorfeld zu Streitigkeiten. Am Ende gab es zwei Rotkäppchen beim Umzug. Während der Schäferhundverein mit einem ganzen Wolfsrudel aufwartete, hielten wir mit einer Vogelschar und einem einzigartigen Bären dagegen.

Meine Cousine Renate sollte das Rotkäppchen sein, ich der Bär. Mein Bruder Reinhold war der Förster.

Das Bärenkostüm passte wie angegossen, war aber ziemlich warm. Meine Cousine beklagte, dass der Schlamper-Dackel als böser Wolf abgelehnt wurde. Bei der Anprobe tappte ich durch die Wohnung des Schusters und zwischen all seinen Käfigen hindurch. Aus den Augenschlitzen meines Bärenkostüms heraus schien es, als säße auch der Vorsitzende Karl Grosser gleich seinen Schützlingen in einem Käfig.

Im selben Haus, einen Stock tiefer, wohnte auch Frau Lucie Thomas, die das Lebensmittelgeschäft im

Parterre betrieb. Wenn meine Mutter beim Einkaufen etwas vergessen hatte, schickte sie mich los, damit ich bei der Frau Thomas läutete, um außerhalb der Geschäftszeit noch etwas einzukaufen. Einmal nahm mich Frau Thomas mit in ihre Wohnung, wo ich warten durfte, bis sie meine Bestellung beisammen hatte. Ohne ihren weißen Kittel gefiel sie mir noch besser. In der Vorstellung der Idealfrau nahm ich sie in die engere Wahl. Weil sie nicht verheiratet war, standen ihre Chancen nicht schlecht. Weil sie es allen recht machen musste, schien aber auch ihre Welt ein Käfig zu sein.

Da Käfige zu den natürlichen Feinden von Kindern zählen, war es klar, dass wir diese, unseren Mitteln gemäß, bekämpften. Selbst von Gartenzäunen ließen wir uns nicht einengen. Ohne Schlupfloch war ein Zaun undenkbar. In Bolkarts Zaun fehlten deshalb immer etliche Latten und der Maschendrahtzaun, der den unseren von Wachters Garten trennte, hatte ein Loch, welches so groß war, dass wir ohne jede Anstrengung durchschlupfen konnten.

Weil unser Großvater auch ein Spielverderber sein konnte, kaufte er einen neuen Zaun, den er in einem mehrstündigen Schaffensrausch aufstellte. Kaum stand er da in seiner Makellosigkeit, schnitt meine Cousine Karin mit der Eisenschere ein Loch hinein, nun war der frühere Zustand wiederhergestellt. Mein Großvater ertappte sie in flagranti. Er legte sie übers Knie und schlug etwa eineinhalb Minuten lang mit einem dicken Seil auf ihren Hintern, sodass meine Cousine danach eine gute Woche lang nicht mehr darauf sitzen konnte.

Die Strafen für Zaunbeschädigungen waren damals drastisch.

Meine Cousine Karin rannte schreiend die Klosterstraße hinauf und dann die Meinlohstraße bis zur Blau. Sie rannte, als wolle sie nie wiederkehren. Da sah sie die Lalla wie immer an ihrem Fenster sitzen, die lächelte meiner Cousine Karin zu und rief: »Lalla!« Da besann sich meine Cousine und ließ ihre Wunden in Würde vernarben.

Nicht nur Zaunbeschädigungen, auch das illegale Übersteigen derselben gehörte unter Umständen in den Bereich verbotener Handlungen.

Ein solcher Zaun stand zur Harthauser Straße hin, bildete eine etwa fünfminütige Abkürzung und wurde deshalb unerlaubt von Mitgliedern der Söflinger Turn- und Sportgemeinschaft täglich und respektlos benützt. Da der Vorgang gesetzeswidrig war, stellte die Polizei Posten auf. Dass sich die Polizei um derlei Dinge kümmerte, empfanden die einen als Schikane, die anderen als Fleißarbeit. Die Geschichte blieb nicht ohne Folgen.

Der Polizist Wrobel wurde von Mitgliedern der Turn- und Sportgemeinschaft in die Blau geworfen. Ungeklärt blieb, ob sie der Handball- oder Fußballabteilung angehörten. Möglicherweise waren auch Apostel dabei.

Einen Polizisten in die Blau zu werfen, war nicht unbedingt eine strafbare Handlung. Es war eher ein Naturgesetz.

Wenn wir bei der Lalla vorbeikamen und sie uns mit ihrem »Lalla« zuwinkte, konnte es auch sein, dass wir sie auslachten und ihr Grimassen schnitten. Auch hatten wir Ausdrücke für sie parat, die wir sonst keinem zuriefen. Nach Herzenslust konnten wir unsere schlechten Eigenschaften sich bei ihr austoben lassen. Es war einem wohler danach, weil die Lalla nichts krumm nahm und wir uns dadurch ein schlechtes Gewissen ersparten. Sie lachte zu allem und jedem und sagte nur: »Lalla«.

Jeden Abend saß mein Großvater im Wirtshaus. Abwechselnd im »Schatten«, im »Blautal« oder in der »Chaussee«. Wenn er den Heimweg antrat, saß die Lalla nicht mehr am Fenster.

Dafür wartete meine Großmutter schon seit Stunden auf ihn. Es wäre ihr nie in den Sinn gekommen, ohne ihren Kaspar ins Bett zu gehen. Sie stand jede Nacht am Fenster und wartete, bis er sein Kommen lauthals ankündigte: »Amalie, mach die Türe auf!«, rief er dann schon von weitem, angetrunken, doch mit Gott und der Welt im Einklang.

Die Liebe, ich wusste es damals schon, kam ohne ihre Eigenheiten nicht aus. Damals geschah es auch, dass sich der Besserer Uli aus der siebenten Klasse das Leben nehmen wollte. Als Grund gab er seine Liebe zu irgendeinem Mädchen aus der sechsten Klasse an, die nicht erwidert wurde. Er hatte sich extra ins Schulhaus einschließen lassen, um aus dem Fenster von einem der oberen Stockwerke zu springen. Weil er aber auch dem Leben noch eine Chance geben wollte, entschied er sich, bereits aus dem ersten Stock zu springen.

Hätte er denselben Schulweg wie wir gehabt und wäre bei der Lalla vorbeigekommen, hätte er sich den Fenstersprung noch einmal überlegt. Ein verstauchter Knöchel und ein paar Ohrfeigen vom Rektor Rauneker wären ihm erspart geblieben. Auch wäre er nicht zum Gespött der Schule geworden.

Die Lalla hätte ihm »Lalla« zugerufen und ihn davon überzeugt, dass so ein Fenstersprung etwas Törichtes wäre.

Haben oder Sein

In Erich Fromms grundlegendem Werk »Haben oder Sein«, in welchem die Existenzweise des Habens für die Übel der gegenwärtigen Zivilisation steht, die des Seins dagegen für die Möglichkeit eines erfüllten, nicht entfremdeten Lebens, findet man auch die Behauptung des Vögele Joachim nachträglich bestätigt.

Er war der Meinung gewesen, es sei wertvoller, 35 Karl-May-Bände gelesen zu haben als 15 zu besitzen. Ich widersprach ihm damals, gab ihm aber insgeheim recht, ohne es zugeben zu wollen. Da er zu den Schnelllesern gehörte, war er mir gegenüber bereits zwanzig Bände im Vorteil.

Während ich noch »Durchs wilde Kurdistan« ritt, war der Vögele Joachim bereits am Rio de la Plata und in den Kordilleren unterwegs, kannte den blauroten Methusalem und den Trapper Geierschnabel.

Vielleicht neidete er mir aber dennoch meine 15 Bände, die ich nicht an die Fahrbücherei zurückgeben musste, weil sie mir gehörten und ich sie anfassen durfte, wann immer ich wollte. Ein Umstand, den ich meiner Mutter verdanke, die Mitglied eines Leserings war.

Ich wäre gerne mit dem Allinger Reinhard in unseren philosophischen Garten gegangen, um Joachims Behauptung zu erörtern. Doch der Allinger Reinhard war bereits ein Gymnasiast und dort auf dem besten Wege, einmal selbst Schulleiter zu werden.

Doch wusste ich auch ohne die Philosophen, dass das, was man erstrebte, nicht unbedingt käuflich war.

Einmal Sieger bei den Bundesjugendspielen zu sein und nicht immer nur Zweiter hinter dem Mack Erich, der immer ein wenig schneller die 75 Meter lief und den kleinen Wurfball weiter warf als alle seine Konkurrenten. Einmal so Fußballspielen zu können wie der Frommer Uli, so mutig vom Dreimeterbrett zu springen wie der Verheyen Rolf.

Auch beliebt zu sein, gehörte in die Kategorie der nicht käuflich zu erwerbenden Güter. Nicht gehänselt und nicht verdroschen zu werden. Keine Angst zu haben und keine Schmerzen.

Wenn die Gasmarken uns ausgingen oder ein anderer Mangel vorgab, Grund einer vorübergehenden Unzufriedenheit zu sein, sagte meine Mutter häufig:

»Hauptsach gsond!« Die Gesundheit war ein Trost, wenn man auf das andere, was immer es war, verzichten musste.

Rolands Vater war Bauunternehmer. Klar, dass sein Sandkasten vom Feinsten war. Der Luftroller des Schwenk Gerhard war ein Statussymbol. Der Petticoat meiner Cousine Renate ebenfalls. Dass sie zu all den Gütern auch noch gesund waren, schien mir nicht gerecht.

Auch Freunde zu haben oder eine Freundin war von enormer Bedeutung. Manchmal waren sie käuflich.

Wie stolz war ich, dass die Eberle Waltraud sich mir ins Herz stahl. Ihre Zuneigung kam mir gelegen. Auffallend waren vor allem ihre Zöpfe. Eine Zeit lang war sie deshalb meine Rapunzel. Wenn ich am Nachmittag bei ihr läutete und sie allein war und aus dem oberen Fenster herausschaute, dann ließ sie ihre Haare herunter und ich kletterte an ihnen hoch.

An diesen Nachmittagen geriet die These vom Klapperstorch ernsthaft in Gefahr. Gleichzeitig aber fragte ich mich: War es wichtiger, dass ich eine Freundin *hatte* oder dass ich ihr Freund *sein* durfte?

Überhaupt hatte die Sache mit dem Haben ihre Tücken. Was immer man auch hatte, es war zu wenig. Mit dem, was man war, konnte man sich eher bescheiden.

Wenn ich an Erich Fromms »Haben oder Sein« denke, dann denke ich immer auch an meinen Onkel Franz; der liebte das Leben, bedauerte allerdings, dass es Kosten verursachte.

Wittgensteins Handtäschle

In seinem »Tractatus logico-philosophicus« schrieb Ludwig Wittgenstein den bemerkenswerten Satz: »Außerhalb der Logik ist alles Zufall.« Demzufolge war es nur logisch, dass ich mich als Siebtklässler irgendwann verliebte, gewiss aber Zufall, dass es gerade die Kurz Karin war, auf die sich meine Hormone fixierten.

Auch wenn unsere Liebe, nach einer jiddischen Weisheit, einer Laubhütte glich, die nach kurzer Zeit schon ins Wanken geriet, so war sie, zumindest von meiner Seite aus, doch an Heftigkeit nicht zu überbieten. Zumindest konnten Eifersucht und Verlustängste es mit jeder Erwachsenenliebe aufnehmen.

Meine Absichten waren in der Form ehrbar; ich nahm an allen familiären Ereignissen im Hause Kurz regen Anteil, wie zum Beispiel am Tode des Vaters, den ich zutiefst betrauerte, obwohl ich den Herrn Kurz überhaupt nicht gekannt hatte. Sorgfältig schnitt ich aber die Todesanzeige aus der Zeitung und klebte sie in mein Tagebuch. Der Kurz Karin selbst stattete ich einen Kondolenzbesuch ab. Dass sie ganz in Schwarz gekleidet selbst wie eine junge Witwe daherkam, verwirrte mich allerdings.

Karins Schwester wurde in diesem Jahr das Bravo-Girl. Der Stolz darüber übertrug sich zwangsläufig auch auf mich. Dass sie als Bravo-Girl alle Film- und Fernsehangebote ablehnte und ihrem Freund, einem waschechten Söflinger, weiterhin die Treue hielt, fand ich äußerst solide.

Meine Spaziergänge führten mich jetzt ausschließlich in die Jägerstraße, wo die Kurz Karin wohnte. Die Jägerstraße war mir inzwischen sogar vertrauter als die Klosterstraße.

Ich schlenderte dabei ohne jedes Ziel hindurch, immer aber in der Hoffnung, der Kurz Karin zufällig zu begegnen. Es war logisch, dass sie irgendwann aus dem Haus kommen musste, gleichzeitig aber auch Zufall, wenn wir uns gerade in diesem Augenblick trafen. Um der Logik Gewicht zu verleihen, hielt ich mich mit der Zeit nur noch in unmittelbarer Nähe ihres Hauseinganges auf, pendelte lediglich vom Postamt, das zwanzig Meter weiter links lag, zur Detektei Wierwille, welche sich in gleicher Entfernung, jedoch rechter Hand niedergelassen hatte.

Da ein Detektivbüro attraktiver als ein Postamt ist, stand ich demzufolge länger vor dem Schaukasten der Detektei, um deren Aufgaben und Angebote zu studieren. Gleichzeitig behielt ich aber den Hauseingang, aus welchem die Kurz Karin kommen musste, im Auge. War der Moment gekommen, in welchem sie das Haus verließ, spielte ich den Überraschten, sprach von Zufall, plauderte über andere Zufälle und bot ihr meine Begleitung an, die sie nicht ablehnte. Und wenn wir die Blau entlanggingen, den schmalen Weg unter den Erlen hindurch, da hielten wir uns schon mal an den Händen. Und irgendwann erlaubte sie mir auch, ihr Handtäschle zu tragen.

Dass ich nicht nur ihre Hand halten, sondern dabei ihr Handtäschle tragen durfte, verstand ich als äußeres Zeichen unserer inneren Verbundenheit. Das Handtäschle als solches war meine Trophäe. Als der Bochtler Wolfgang Tage später damit prahlte, er hätte bereits zwei Mal ihr Handtäschle tragen dürfen, entstand in mir ob dieser Nachricht eine der Situation angemessene Verzweiflung. Aus meiner Trophäe war ein Wanderpokal geworden.

Es war zwar logisch, dass wir uns das Handtäschle teilten, weil der Bochtler Wolfgang und ich etwa gleich hübsch waren, gleichzeitig aber doch Zufall, dass es gerade das Handtäschle der Kurz Karin war. Schließlich gab es der Handtäschlen viele, die von bereitwilligen jungen Herren getragen werden wollten. Vor allem sonntags. Die Blau entlang. Wenn die Mädchen ins Café Mack ausgeführt wurden.

Manchmal beobachtete ich mit dem Mack Erich die Pärchen. Meistens waren es die Klassenkameraden meines Bruders Reinhold. Der Ruoß Otto, der Pfleghar Roland, der Andrae Josef, der Verheyen Rolf. Immer an der einen Hand ein Mädchen, an der anderen deren Handtäschle. Und gings nicht ins Café Mack, dann irgendwohin ins Dickicht des Maienwäldle, wo niemand mehr die Pärchen beobachten konnte, außer vielleicht der Mack Erich und ich.

Am meisten bewunderte ich dabei den Andrae Josef, Facke sein Spitzname, der das Handtäschle so lässig zu schwenken verstand, dass er auf seinen eigenen Triumph nur hinwies, um ihn gleichzeitig herunterzuspielen.

An solchen Sonntagen war mir danach, mit dem Allinger Reinhard in unseren philosophischen Garten zu gehen: Ich fragte mich, warum das Handtäschle überhaupt ein Objekt der Begierde war? Warum schwenkte der eine es lässig und warum verkrampfte der andere dabei? Warum zeigten sich die Mädchen, die einen Träger bei sich hatten, viel selbstbewusster als diejenigen, die ihr Täschle noch selber trugen? War es ein Vorspiel der Ehe, wo in ihrem Handtäschle vielleicht ein gemeinsamer Geldbeutel steckte, aus dem er zwar bezahlte, den sie jedoch verwahrte? Öffnete einem das Handtäschle den Zugang zu ganz anderen Regionen?

Später, als ich wieder einmal mit der Kurz Karin an der Blau entlangging, fiel mir auf, dass sie sich fortwährend umdrehte. Ihre Wangen waren gerötet und sie blickte sich ängstlich nach allen Seiten um. Nur für ein paar flüchtige Augenblicke überließ sie mir ihre Hand, ihr Handtäschle dagegen verweigerte sie mir gänzlich.

Da unsere Vertrautheit noch nicht auf festen Füßen stand, dauerte es eine Zeit lang, ehe sie damit herausrückte, dass es der Herr Hohenadel, ihr Klassenlehrer, war, vor dem sie sich so fürchtete. Weil sie schon einen Busen hatte, war sie für ihn logischerweise das Flittchen der Klasse. »Frühreif« war sein Lieblingswort. Ihr Verfolgungswahn war also verständlich.

Hinter jeder Ecke, jedem Baum, so fürchtete sie, könnte der Herr Hohenadel auftauchen. Und wenn der beobachtete, dass ich ihr Handtäschle trug, wäre sie für immer bloßgestellt. So verweigerte sie mir jede Berührung, untersagte mir für alle Zeiten, sie begleiten zu dürfen, verbat sich selbst Blicke, kurzum, jedwede Vertraulichkeit.

Mir war nach Heulen zumute. Ich vermisste sie schon jetzt, ihre Finger, die stets etwas feucht waren, ihre ängstlichen Blicke und das Handtäschle, das ich nie mehr tragen sollte.

Vielleicht hätte ich mit einem Gedicht an sie alles wieder ins rechte Lot bringen können. Doch reimte sich auf Karin Kurz nur Furz oder allenfalls schnurz. Und mit solchen Versen konnte ich weder den Bochtler Wolfgang und schon gar nicht den Herrn Hohenadel ausstechen.

Grund genug, um wieder mit dem Allinger Reinhard in unseren philosophischen Garten zu gehen, um vielleicht zu erörtern, warum ich mich in die Kurz Karin und nicht etwa in die Bolkart Gisela verliebt hatte, obwohl sie ebenfalls blond und im selben Alter und trotz des fehlenden Busens vielleicht sogar hübscher als die Kurz Karin war und obendrein noch schräg vis-a-vis von mir wohnte, ein Umstand, der eine zufällige Begegnung fast ausschloss. Doch auch der Allinger Reinhard hätte mir nur mit Wittgenstein antworten können: »Außerhalb der Logik ist alles Zufall.«

Die reicheren Leute

Obwohl der Schwenk Gerhard nur ein Jahr älter war als ich und lediglich einen Steinwurf entfernt von uns wohnte, hatten wir wenig Kontakt zueinander. Die Schwenks, das wären die reicheren Leute, meinte mein Vater. Und er glaubte, dies wäre der Grund.

Dennoch fragte mich der Schwenk Gerhard eines Tages, ob ich nicht Lust hätte, bei ihm daheim mit den Wiking-Autos zu spielen.

Während der Schwenk Gerhard schon in der technisierten Welt zu Hause war, standen mir die Cowboys und Indianer auf meiner Ranch näher. Doch sah ich es als ein Privileg an, in seine Welt Einblick nehmen zu dürfen, und ging deshalb mit.

Unser Garten grenzte an das Grundstück der Schwenks. Also hätten wir an jenem Tage ohne weiteres über den Zaun, der die Grundstücke voneinander trennte, klettern können. Es wäre eine Abkürzung und auch sonst sinnvoll gewesen. Doch wehrte der Schwenk Gerhard meinen Vorschlag ab. Auch durch das Zaunloch zu kriechen, welches zu Funks

Garten führte, von welchem aus es einen Durchschlupf zur Blau gab, an deren Ufer wir dann von der Rückseite her zum Obstgarten der Schwenks gekommen wären, wo einzig ein Mäuerchen zu überwinden gewesen wäre, lehnte er ab. Zäune und ähnliche Hindernisse zu überwinden war nicht seine Leidenschaft.

Weil die Schwenks zu den reicheren Leuten gehörten, zollte mein Onkel Franz ihnen den gehörigen Respekt. Wenn er von ihnen sprach, fand er sofort die passende Tonlage, wobei seine Stimme manchmal vibrierte. Ob der Schwenks oder ihres Geldes wegen oder weil sie neben Blessings und Pfleghars als Einzige in unserem Viertel ein Auto besaßen, blieb unklar.

Pfleghars hatten ein Bauunternehmen, Blessings eine Gärtnerei, beide benötigten ihre Fahrzeuge also von Berufs wegen, die Schwenks dagegen fuhren ihren Lloyd zu ihrem ganz privaten Vergnügen und kletterten dadurch in der Hierarchie des Reichseins ein paar Stufen höher.

An jenem Tage aber, als der Schwenk Gerhard mich zu seinen Wiking-Autos lud, kletterte er diese Stufen zu mir herunter. Da er Zäune mied, kamen wir auf dem längeren Landweg zu ihm. Dass die Schwenks keine Wohnung, sondern ein ganzes Haus bewohnten, wusste ich von Onkel Franz. Als Frau

Schwenk uns jedoch die Tür öffnete und mir einen Blick in das Innere ihres Heimes gewährte, wäre meine Stimme, hätte ich denn etwas sagen müssen, ebenso ehrerbietig belegt gewesen wie die meines Onkels. So aber blieb ich stumm vor der offenen Wohnzimmertür stehen, schaute fasziniert auf die von Büchern besetzte Regalwand und auf die Schalensessel, die bei den Schwenks die Stühle ersetzten und zu vieren um einen Tisch standen, der so niedrig war, dass allein Herr Lehmann, der Lilliputaner, daran bequem hätte essen können.

Das Wohnzimmer war mit einem Teppichboden ausgelegt, wir hatten nur Stragula.

Bald nahm mich der Schwenk Gerhard mit in sein Zimmer. Obwohl er eine Schwester hatte, musste er das Zimmer nicht teilen. Sein Bett hatte kein Eisengestell. Ein Schalensessel stand auch daneben. Ich durfte mich in denselben setzen, während er mir seine Spielsachen vorführte.

Während der Vorstellung tauchte Frau Schwenk mit Kakao und Kuchen auf. Wir mussten uns aber, bevor wir zugreifen durften, die Hände waschen. Merkwürdig war, dass das Badezimmer nicht im Keller, sondern neben der Küche lag. Warmes Wasser kam aus der Leitung, ohne dass man einen Ofen anheizen musste. Gasmarken waren auch nicht notwendig.

Nach dem Imbiss nahm der Schwenk Gerhard einen Karton unter den Arm, drückte mir einen zweiten in die Hand und ging mit mir in den Garten. Dort war sein Sandkasten und dieser gehörte zum Feinsten. Nur der Sandkasten des Pfleghar Roland, dessen Vater Bauunternehmer war, konnte damit konkurrieren, weil dort hin und wieder schon mit Zement experimentiert wurde.

Mein Spielkamerad an diesem Tage klaubte nun ein Wiking-Auto ums andere aus den Kartons und schuf Parkplätze für diese, wobei er sich über den Mangel entsprechender Möglichkeiten beklagte. Danach kritisierte er das Straßennetz, baute Autobahnen und Autobahnzubringer. Und fortwährend neue, vorwiegend vierspurige Straßen. Ging ein Auto verschütt, mussten Rettungskräfte her, die es aus den Sandmassen bargen.

Ich weiß nicht mehr, ob ich neidisch war oder nur gestaunt habe. Ich weiß auch nicht mehr, ob ich nur zugeschaut oder auch mitgespielt habe. Ich weiß nur noch, dass ich mich an diesem Tage mehr als sonst nach meinen Indianern und der Ranch gesehnt habe. Denn dort, so spürte ich, war ich zu Hause.

Einmal aber erlebte auch der Schwenk Gerhard ein Abenteuer, welches sich außerhalb seines Sandkastens abspielte. Ein Reh war in ihren Garten gelaufen und hatte sich später noch in den unseren verirrt.

Gerhards Mutter fürchtete einen Fall von Tollwut. Sie war ziemlich aufgeregt. Wir waren da gelassener. Ein Reh in unserem Garten war eine willkommene Abwechslung, von einer Sensation aber weit entfernt. Sofort jedoch wurde von Frau Schwenk der Revierförster Klenke, der in der Meinlohstraße wohnte, gerufen. Der befreite das Reh, das sich in Panik im Zaun verheddert hatte, und beruhigte Gerhards Mutter, die, ebenfalls in Panik geraten, bereits einen Quarantäneplatz im Söflinger Krankenhaus beantragt hatte.

Der Schwenk Gerhard war manchmal auch dabei, wenn wir abends um halb sieben durchs Fenster des invaliden Herrn Schneider schauten. Herr Schneider war ein Kriegsversehrter. Weil er im Krieg ein Bein verloren hatte, besaß er nicht nur einen dreirädrigen Rollstuhl, der aussah wie ein Ruderboot auf Rädern, sondern auch den ersten Fernseher in unserer Straße. Für verlorene Beine gab es eine stattliche Rente.

Einen Fernseher lehnten die Schwenks aus pädagogischen Gründen noch ab. Dass Herr Schneider parterre wohnte, kam uns entgegen. Mit dem Schwenk Gerhard und dem Baumeister Walterle standen wir am Fenster und schauten dem Froschmann Mike Nelson bei seinen Abenteuern unter Wasser zu. Im Sommer ließ Herr Schneider das Fenster offen, sodass wir auch vom Ton etwas mitbekamen. Da unter Wasser wenig geredet wurde, war die Tonqualität aber nicht wichtig.

Über dem Herrn Schneider wohnte die Miller Gabi, die mit mir in einer Klasse und deren Vater Straßenbahnschaffner war. In der Hierarchie des Reichseins kam er weit hinter uns. Seine Straßenbahneruniform versteckte zwar einiges, nicht aber die schmalen Bezüge.

Manchmal beobachteten wir ihn, wie er von seiner letzten Fahrt nach Hause torkelte. Ob es der Alkohol war oder ob ihm vom Straßenbahnfahren schlecht wurde, blieb unklar. Wenn die Miller Gabi sich bei mir medizinisch untersuchen ließ, verlangte ich nichts.

Dass bei den Schwenks alles von selbst funktionierte, hatte mich beeindruckt. Bei uns funktionierte nur das Licht von selber. Wenn meine Mutter kochte, musste sie zuerst eine Gasmarke einwerfen, sonst blieb der Herd kalt. Gasmarken konnte man bei der EVS am Westplatz kaufen. Manchmal merkte meine Mutter erst während des Kochens, dass sie die letzte Gasmarke soeben verbraucht hatte. Dann rügte mein Vater ihre Vergesslichkeit und mein Bruder Reinhold und später ich mussten zum Westplatz radeln, um neue zu kaufen. Wenn kein Geld mehr für Gasmarken da war, wurde die Sache prekär.

Im Winter holten wir mit dem Leiterwagen Kohlen und Briketts. Die Kohlenhandlung befand sich am Ende unserer Straße. Küche und Wohnzimmer waren immer warm. Das Schlafzimmer der Eltern diente auch als Eisschrank. Margarine, Wurst und Milch wurden zwischen Fenster und geschlossenem Fensterladen kühl gehalten. Im Sommer hatte der Platz seine Funktion verloren, dennoch lagerte meine Mutter die genannten Lebensmittel weiterhin dort.

In der Ackerstraße lebten die Frommers. Alle vier Söhne spielten Fußball, die drei älteren in der ersten Mannschaft der TSG. Uli, der jüngste, der nur ein Jahr älter war als ich, sollte einmal auf dem Rasen des Wembley-Stadions spielen. So besaßen die Frommers eine Art von Reichtum, die nicht mit Geld aufzuwiegen war.

Im Sommer, wenn wir Kinder am Sonntag zum Café Mack unterwegs waren, um dort aus dem winzigen Fenster zum Hinterhof hin unsere Eisration in Empfang zu nehmen, erfuhr der Reichtum seine Grenzen, weil auch dem Schwenk Gerhard nicht mehr als zwei Kugeln Eis erlaubt waren.

Nur der Lorenz aus Westerheim war ärmer dran, weil er überhaupt kein Eis, sondern nur die Sahne darauf essen durfte. Ob es sich dabei um ein Gelübde handelte oder ob es den Kindern aus Westerheim grundsätzlich verboten war, Eis zu essen, blieb uns ein Rätsel.

Manchmal brachte ich meiner Schwester Suse ein Eis mit, um ihr ein wenig Trost zu spenden, wenn Siegfried, ihr Verlobter, auf einem Handballturnier war. Wenn sie dann den Neckermann-Katalog studierte, träumte auch meine Schwester vom Reichsein. Meine Mutter mahnte sie jedoch mit Lessing: »Man muss nicht reicher scheinen wollen, als man ist.« Da meine Mutter aber die Minna von Barnhelm nicht kannte, blieb das Zitat ungenau.

Für meine Großmutter Amalie gab es nur ein einziges Beispiel für Reichtum. Sie hatte ihn als Hausmädchen in Glarus erfahren, als ihre Herrschaft ihr scherzhaft anschaffte: »Amalie, schmeiß 's Gschirr zum Fenschter ussi, mir kaufat a nuis«. Meine Großmutter erzählte die Episode häufig zu gegebenem Anlass, in mehr oder weniger geglücktem Schwyzerdütsch.

Während mein Onkel Franz die reichen Leute bewunderte und durch Fleiß versuchte, ihnen nachzueifern, hielt mein Vater es eher mit dem Maßhalten. Gelegentlich bremste er die Euphorie meines Onkels mit der Aussage: »Reiche send arme Leut mit viel Geld.«

Neulich traf ich den Schwenk Gerhard wieder. In seiner Tasche trug er ein Fotoalbum mit sich herum.

Ein Bild zeigte den Lloyd, ein anderes ein eher bescheidenes Einfamilienhaus, vor dem sich die Familie für den Fotografen aufgestellt hatte. Der Schwenk Gerhard erzählte mir die Sache von den Wiking-Autos, die im Sande verloren gegangen waren, und die Geschichte mit dem Reh in unserem Garten. Ich bin ihm dankbar dafür, auch für die Fernsehabende vor Herrn Schneiders Fenster. Die Erinnerung macht ihn jetzt reich. So soll ihm auch diese Geschichte gehören.

Der vierte König

Im Herbst war mein Großvater so krank geworden, dass er mich manchmal nicht erkannte. Auch meinen Bruder Reinhold erkannte er nicht und bisweilen erkannte er nicht einmal seine eigenen Kinder. Zu mir sagte er Lienhardt, so hieß der Bruder der Wachter Hedwig. Meine Cousine Renate saß häufig an seinem Bett. Mein Großvater mochte ihre Nähe. Dass er meine Cousine erkannte, war nicht unbedingt wichtig. Abwechselnd versorgten meine Großmutter Amalie, meine Mutter und Tante Cilly ihn mit Hühnersuppe. Der Arzt kam jeden Tag. Es war Dokter Grünler, der auch für die Herzanfälle meines Vaters zuständig war. Weil sich keiner so recht um Großvaters Hasen kümmern konnte, ließ man sie schlachten.

Während mein Großvater im Bett lag, fielen draußen die Blätter und Kastanien von den Bäumen. Die Obsternte war später als sonst. Onkel Franz organisierte sie. Jeder half. Der Herbst hinterließ Unrat, den keiner verbrannte. Die Herbstfeuer fehlten mir. Es wurde November. Der Herbst wurde kälter. Er nahm das Laub mit, meinen Großvater ließ er da. Irgendwann fiel Schnee.

Wir gewöhnten uns daran, dass der Großvater nur mehr im Bett lag und die Momente, in denen er uns erkannte, immer seltener wurden. Wir akzeptierten auch, dass die Kerzen an den Adventssonntagen anders brannten, uns an Sterbelichter erinnerten; dass dumpf und traurig die Lieder klangen, die doch eine frohe Zeit ankünden sollten.

Mein Vater meinte, das Leben gehe trotzdem weiter. Meine Mutter folgte seinem Rat und backte Bredla, wenn auch weniger Sorten als im Vorjahr. Viele Tränen knetete sie mit in den Teig. Mein Vater lag auf dem Sofa und schaute öfter als gewöhnlich von seinem Wildwestroman auf und zu ihr hinüber.

Weil das Leben weiter und es schnurstracks auf Weihnachten zuging, überlegte ich mir ein Geschenk für meinen Vater. Einen Drehaschenbecher wünschte er sich die längste Zeit schon. Mit ihm könnte er meine Mutter über seinen Rauchkonsum im Unklaren lassen.

Am Abend aber hatte mein Vater einen Herzanfall. Meine Mutter bat ihn, mit dem Rauchen aufzuhören. Ich erschrak, sah mein Geschenk in Gefahr. Mein Vater gab Entwarnung. Dokter Grünlers Spritze wirkte schon und meinem Vater ging es besser. Auch das Rauchen klappte schon wieder. Es war nur noch eine Woche bis Weihnachten.

Meiner Mutter wollte ich bunte Wäscheklammern schenken. Sie sollten etwas Farbe in ihr Leben bringen. Ihr Alltag war traurig genug. Für bunte Wäscheklammern war Woolworth die erste Adresse. Sie boten gute Qualität zu annehmbaren Preisen.

Mein Bruder Reinhold redete mir die beiden Geschenke aber aus, weil in unserer selbst gebastelten Krippe noch immer die drei Könige fehlten. Diese gemeinsam den Eltern zu schenken, empfand er als Vorschlag, den ich nicht ablehnen durfte. Dass drei Könige gemeinsam weniger als ein einziger Drehaschenbecher kosteten, sprach außerdem für den Vorschlag meines Bruders. Wir legten das Geld zusammen und kauften beim Spielwaren Utz die Könige aus Plastilin. Wäscheklammern und Drehaschenbecher merkte ich mir fürs nächste Weihnachten vor.

Weil mein Großvater im Sterben lag, stellte Onkel Franz jetzt Großvaters große Familienkrippe in seiner Wohnung auf. Er machte dabei viele Fehler. Mein Großvater hatte immer darauf geachtet, dass Ochs und Esel dem Jesuskind am nächsten standen, weil sie als Tiere unschuldig und somit Gott näher waren als die Menschen. Mein Onkel nahm den Tieren dieses Recht und stellte sie in die Stallecke.

Auch bei den drei Königen machte er Fehler, weil er sie samt ihrem Gefolge einfach in der Kiste ließ. Mein Großvater aber hatte den Besuch der drei Könige durch die Kamele und Kameltreiber immer schon ankündigen lassen. Und auch die drei Könige sah man schon, irgendwo im Hintergrund, noch weit weg von den Ereignissen im Stall, aber schon unterwegs.

Die Figuren waren aus Stein, auch der Stall war in Massivbauweise errichtet. Mein Bruder Reinhold meinte, die Krippe sei wertvoll.

Auch die Tannenzweige, mit denen mein Onkel Franz die Krippe umsäumte, passten nicht in die Landschaft.

Die drei Könige waren die Lieblingsfiguren meines Großvaters. Dass er sich mit ihnen mehr als mit dem übrigen Personal beschäftigt hatte, war meiner Großmutter nicht verborgen geblieben. Sie hatte ihn dann den vierten König genannt, obwohl er Kaspar hieß.

Der Heilige Abend kam hereingeschneit. Trotz der bedrückenden Stimmung behauptete er seinen Platz. Allerdings gab es in diesem Jahr nicht wie sonst drei, sondern nur zwei Bescherungen, bei uns und im ersten Stock, wo Onkel Franz und Tante Cilly mit meinen Cousinen wohnten. Die Bescherung in der Wohnung meiner Großeltern fiel aus. Dort fehlte sogar der Christbaum.

Beim Singen der Weihnachtslieder versagte die Tenorstimme meines Bruders Karlheinz ein ums andere Mal. Ich dachte: Ihm wird der Großvater vielleicht am meisten fehlen.

Am Weihnachtstag servierte meine Mutter eine Gans. Mein Bruder Karlheinz hatte sie wie üblich am Heiligen Abend auf dem Wochenmarkt besorgt. Beim Essen vergaß ich meinen Großvater.

Zu Silvester gab es keine Kracher. Mein Bruder Reinhold rechnete mir vor, was wir durch den Verzicht alles sparten. Die Bowle, die mein Vater trank, war dünn. Lesend wartete er auf das neue Jahr. Meine Mutter war die meiste Zeit bei meinem Großvater. Neben seinem Bett lag das Sterbebesteck. Die Kerze brannte nun immer. Abwechselnd hielten meine Mutter und Onkel Franz Wache. Meine Großmutter schlief überhaupt nicht mehr.

Der Pfarrer kam am 5. Januar. Es war der Geburtstag meines Großvaters. Der Pfarrer gab ihm die letzte Ölung. Mein Großvater kämpfte jetzt mit dem Tod. Ich hörte meine Mutter heulen. Später verrieten mir ihre Gebete, was geschehen war. Mein Großvater starb am Dreikönigstag. Da er weder Gold noch Weihrauch noch Myrrhe mitnehmen konnte, hatte auch er nur, wie einst der vierte König in Edzard Schapers Legende, sein Herz zu verschenken. Doch welches Geschenk wäre schöner.

Heimwege

Alle Wege, die in die Klosterstraße führten, waren Heimwege.

Ich wunderte mich deshalb, dass bei der Beerdigung meines Großvaters der Pfarrer Rohrer behauptete, mein Großvater wäre nun heimgegangen. Wenn mein Großvater heimging, aus irgendeiner Wirtschaft kommend, rief er von weitem schon: »Amalie, mach die Türe auf!« Jetzt lag er still und klaglos da und kündete sein Heimkommen mit keiner Silbe an. Dass eine Grube auf dem Friedhof sein neues Zuhause sein sollte, stimmte mich außerdem nachdenklich. Schließlich wurde auf den Bittgängen, die hinauf zur Feldkapelle führten, unter anderem darum gebeten, dass dieser Heimgang noch eine Weile auf sich warten ließe und nicht etwa durch einen Blitzschlag frühzeitig angetreten werden musste.

Die Bittgänge waren Gottesdienste in freier Natur, bei denen es an Bewegung nicht mangelte. Sie standen bei uns deshalb hoch im Kurs. Dass man beten und sich gleichzeitig mit dem Mack Erich unterhalten konnte, war praktisch. Die Wachter Hedwig pflückte sogar Blumen unterwegs. Die Wiesen waren im Frühling ein gelbes Meer. Dass die Löwenzahnblüten Soichbloma hießen, war eine reine Vorsichtsmaßnahme, damit die Wachter Hedwig sie nicht pflückte und einen Strauß aus ihnen band.

Bei der ganzen Unterhaltung vergaßen wir aber auch das Bitten nicht. Schließlich wollten wir wieder nach Hause kommen.

Der Weg an der Blau entlang war mir der liebste. Im Herbst sah man ihm an, dass es ein Heimweg war.

Die Wanderungen mit der Schulklasse führten fast immer ins Butzental. Auf dem Weg dorthin kamen wir am Salamanderteich vorbei. Dort hielten wir nach den Feuersalamandern Ausschau.

Aristoteles hatte behauptet, dass der Biss eines Feuersalamanders so giftig wie der einer Giftschlange wäre. Die Wachter Hedwig nahm sich in Acht. Wenn man ihn röstete, erzählte Frau Dreiseitl, unsere Lehrerin, konnte man aus dem Zerriebenen einen Gifttrunk mixen und damit einen Gattenmord begehen. Die Spreng-Zwillinge begannen sofort mit der Jagd, wurden aber von Frau Dreiseitl ermahnt. Feuersalamander standen unter Naturschutz. Bei einem Schulausflug war der Heimweg immer etwas ausgelassen. Manchmal ließen sich die Mädchen widerstandslos an den Haaren ziehen, manche ließen sich auch küssen. Die Spreng-Zwillinge bevorzugten Ersteres.

Mit meinen Eltern endete jede Wanderung im Grünen Baum. Der Weg dorthin war auch eine Art Heimweg. Die Küche wurde sehr gelobt.

Der Bachthaler Johann war nur zwei Jahre älter als mein Bruder Reinhold, wusste aber, dass er bald sterben würde. Auch ein Grab hatte er schon. Täglich besuchte er es. Manchmal stand er eine ganze Weile vor diesem Stückchen Erde, so als überlege er, wie es sich dort als Toter leben ließe. Mit dem Mack Erich bin ich oft hinter ihm hergegangen. Dass er so seiner Zukunft ins Auge sah, jagte uns einen Schauer über den Rücken.

Mein Bruder Karlheinz hatte mir von zwei Freunden erzählt, die im Allgäu eine Bergwanderung unternommen hatten. Unterwegs waren sie in Streit geraten und hatten sich getrennt. Während der eine den Heimweg antrat, blieb der andere für alle Zeiten verschollen. Auch diese Geschichte reflektierte ich mit dem Mack Erich ausführlich.

Im Mai waren die Heimwege ziellos, weil der Weg an sich schon unser Zuhause war, wie die Klosterstraße im Sommer, die noch heiß war vom Tag. Im Winter stand am Ende eines Heimwegs oft eine Tasse mit heißem Kakao bereit, im Herbst ein loderndes Feuer, welches mein Großvater angezündet hatte.

Meine Mutter konnte auf Heimwege weitgehend verzichten, weil sie fast ausschließlich in der Wohnung unterwegs war.

Als mein Vater vom Krieg heimkehrte, war er dürr bis auf die Knochen. Außerdem hatte er keinen einzigen Zahn mehr im Mund. Meine älteren Geschwister haben mir oft erzählt, dass sie ihn im ersten Augenblick nicht erkannt hätten. Obwohl mein Vater damals durch eine traurige Trümmerlandschaft gegangen war, in der kein Stein mehr auf dem anderen stand und nur das Münster noch einigermaßen unbeschadet seinen Turm in den Himmel recken konnte, war es sein schönster Heimweg gewesen.

Als mein Vater starb, sprach bei seiner Beerdigung ein junger evangelischer Pfarrer. Auch er sprach vom Heimweg, den mein Vater nun angetreten hätte. Weil in dem Körper, der bald darauf in der Grube verschwand, niemand mehr wohnte, musste mein Vater aber bereits woanders sein. Vielleicht ging er über die Salzwüste Schott el Dscherid oder er jagte in den ewigen Jagdgründen Pferdedieben hinterher. Wo immer aber er sich damals auch herumtrieb, ich bin mir sicher, er war auf dem Weg nach Hause.

Memento Mori

Eine Inschrift auf einem der Grabmale des Söflinger Friedhofs lautete: »Memento Mori«.

Der Mack Erich war der Meinung, dass es sich bei der Inschrift um einen verstorbenen Italiener handeln musste. Ein Gastarbeiter vielleicht, der in einer der Baracken an der Herrlinger Straße vor Heimweh gestorben war oder der bei einer Messerstecherei, für welche die Zink Irmgard, die bei den Südländern hoch im Kurs stand, der Anlass gewesen sein könnte, den Kürzeren gezogen hatte.

Dass auf dem Stein Geburts- und Sterbedaten fehlten, machte den Mack Erich nicht weiter stutzig. Andere Länder, andere Sitten.

Der Maichel Bernd, der sich als Ministrant und künftiger Mediziner im Lateinischen schon leidlich zurechtfand, klärte den Mack Erich jedoch auf; »Memento mori« hieße so viel wie: »Bedenke Mensch, dass du sterblich bist.« Und ein Grabmal wäre es auch nicht, wusste der Maichel Bernd, sondern ein allgemeiner Gedenkstein, den Lebenden zur Mahnung.

Auch meine Mutter wusste nicht, was »Memento mori« bedeutete, beschäftigte sich aber mehr und mehr mit der Vergänglichkeit. Bevorzugt im November, von Allerheiligen bis zum Totensonntag. Fragte mein Vater sie dann nach ihrem Weihnachtswunsch und meine Mutter antwortete: »Kaufsch mr halt a Tannenbäumle für's Grab«, regte meinen Vater das dermaßen, aber völlig zu Recht auf, weil die Männer in unserer Familie von jeher das Vorrecht genossen, als Erste zu sterben.

Allein meine Tante Babett machte eine Ausnahme und starb einen elenden Krebstod. Zeitlebens machte sich meine Mutter Vorwürfe, sie während ihrer Krankheit nicht öfter besucht zu haben. Die Blicke der Tante Babett wären, wenige Tage vor ihrem Tod, vorwurfsvoll gewesen, behauptete meine Mutter, besonders der letzte. Manchmal träumte sie von diesem Blick.

Mit dem Mack Erich und dem Maichel Bernd ging ich oft auf den Friedhof. Meinen Großvater besuchten wir immer zuerst. Auch das Leichenhaus war stets einen Abstecher wert.

Einmal waren drei Leichen gleichzeitig aufgebahrt. Das war ungewöhnlich, wenn nicht eine Seltenheit. Mehrere alte Frauen standen vor dem Gebäude und studierten die Totentafel. Sie wollten unterrichtet sein, wer hier frisch einzog. Auch meine

Mutter hielt sich über die Zuwanderungen auf dem Laufenden. Täglich las sie deshalb aufmerksam die Todesanzeigen. Manchmal erschrak sie, wenn das Geburtsjahr eines Verstorbenen nahe dem ihren war.

Meine Großmutter Amalie las die Todesanzeigen ebenfalls regelmäßig und gründlich. An Stelle des Erschreckens war bei ihr jedoch eine Art Genugtuung, wieder jemanden überlebt zu haben, getreten.

Die Nachricht, dass sich einer an der Blau erhängt hätte, ging wie ein Lauffeuer durch Söflingen.

Die Braun Ursel hatte ihn noch hängen sehen. Als der Mack Erich, der Maichel Bernd und ich dazukamen, war der Erhängte aber schon weg. Übrig blieb der Ast, an welchem das Seil Spuren hinterlassen hatte, die der Mack Erich und ich ausgiebig untersuchten. Der Maichel Bernd sagte, dass er dem Erhängten die Zunge in den Gaumen zurückgeschoben hätte, wenn er nur rechtzeitig da gewesen wäre. Medizinisch gesehen wäre so eine Wiederbelebung möglich gewesen. Er demonstrierte seine Theorie, blieb uns den letzten Beweis jedoch schuldig. Indessen starrte der Mack Erich noch immer auf die Stelle, an welcher das Seil den Ast gescheuert hatte. Er konnte den Blick überhaupt nicht davon abwenden.

Bald war es klar, dass der Erhängte ein Selbstmörder war. Über die Gründe für die Tat wurde nichts bekannt. Die Mutter der Wachter Hedwig tippte auf Liebeskummer. Ähnliche Vorkommnisse hatte es auch am persischen Kaiserhof schon gegeben. Mein Bruder Reinhold meinte, der Selbstmörder wäre vollkommen verschuldet gewesen. Meinen Vater interessierte der Tote weniger. In seinen Wildwestromanen waren Erhängte an der Tagesordnung. Auch wenn sie nicht freiwillig diese Form des Ablebens gewählt hatten.

Meist welkten die alten Leute und verschieden mehr oder weniger klaglos. Dass einer sich aber selbst das Leben nahm, stimmte uns nachdenklich. Unser Pfarrer verurteilte ein solches Vergehen und beerdigte Selbstmörder aus Prinzip nicht.

Kaum eine Woche später erhängte sich der Vater der Zink Irmgard. Weil er sich im eigenen Keller und nicht an einem Baum aufgehängt hatte, war die Öffentlichkeit weitgehend ausgeschlossen.

Mein Vater sprach vom Gesetz der Serie. Dass diese Serie nach Irmgards Vater bereits beendet war und erst Jahre später durch zwei Fälle, beides Söhne von Lehrern der Meinlohschule, aufgefrischt wurde, hinderte uns nicht, täglich die Blauwege nach neuen Erhängten abzusuchen.

Während sich aber das letzte Tageslicht hinter den Krautgärten verlor, dachten auch wir zuweilen an die Vergänglichkeit und an die ewigen Jagdgründe Manitous. Und obwohl der Mack Erich nun wusste, dass Memento mori kein Italiener war, zog es ihn nach wie vor zu der Inschrift, auch wenn er dabei bedauerte, nicht einem Italiener gedenken zu dürfen, sondern nur der Vergänglichkeit im Allgemeinen.

Jahrhundertwinter

Es war der kälteste Winter meines Lebens. Und ich weiß, die Blau war zugefroren. Aber kein Bild davon ist mehr in meinem Kopf. Ich erinnere mich nur an die Bilder im Fernsehen: Schwarzweißbilder vom zugefrorenen Bodensee. Meine Tante Berta hatte angerufen, am Telefon davon erzählt, wie sie über den See gelaufen sei. Auch sie ist schwarzweiß. Der Winter hat wenig Farben.

Im Fernsehen haben sie eine Prozession gezeigt. Schweizer Bürger tragen das Bildnis des Johannes über den See. Und ich erinnere mich an einen VW-Käfer, der über den zugefrorenen Bodensee gefahren ist, an ein Flugzeug, das gelandet ist auf dem Eis.

Wie die Klosterstraße ausgesehen hat? Ich weiß es nicht mehr. Nur ein Gefühl noch, das ich festhalten konnte: der Wunsch, dieser Winter wäre vorüber, ein Wunsch, der sich nie mehr wiederholt hat.

Aufgetürmte Schneemassen an den Straßenrändern, hartnäckiges Eis, vielleicht hat so unsere Straße ausgesehen. Alte Leute, die vorsichtig einen Fuß vor den anderen setzen. Kinder, denen dieser Winter schon zu lange geht, die lustlos einen Schlitten hinter sich herziehen. Ich weiß nicht, ob unsere Wasserleitung eingefroren war.

Im Fernsehen zeigten sie Bilder, Menschenschlangen mit Eimern, die um Trinkwasser anstehen. Die Aufnahmen stammten aus Rotterdam. Im Fernsehen bekamen alle Ereignisse Gewicht.

Mein Vater schaute sich Abend für Abend die Tagesschau an. Die Gespräche über den Zaun wurden seltener. Immer häufiger legte er seinen Wildwestroman beiseite. Auch an jenem Abend, als Marika Kilius und Hans-Jürgen Bäumler das russische Eislaufpaar Ludmila Belousowa und Oleg Protopopow schlugen. Meine Mutter hatte eine Flasche Himmlisches Moseltröpfchen aufgemacht. Der Sieg wurde gefeiert.

Am 1. April gab es ein zweites Fernsehprogramm. Mein Vater sagte: »Jetzt hemmer d'Wahl.« Mein Mutter dachte, es wäre ein Aprilscherz. John F. Kennedy wurde mir immer vertrauter. Selbst der Papst war kein Fremder mehr. Als er starb und ein neuer Papst gewählt wurde, harrten wir am Fernseher aus, bis der aufsteigende weiße Rauch aus dem Kamin der Sixtinischen Kapelle die erfolgte Wahl verkündete.

Obwohl es nun zwei Programme gab, waren die Bilder dieselben. Aufgebrachte Menschen, die gegen irgendwas demonstrierten, die mein Vater respektlos Krawallmacher hieß.

Der buddhistische Mönch, der sich selbst verbrannte, verfolgte mich bis in die Träume.

Bei den Bildern aus den Königshäusern und Kaiserpalästen blieb meine Mutter, wenn sie in der Wohnung unterwegs war, zuweilen stehen. Manchmal setzte sie sich auch einen Moment lang auf einen Stuhl, gab einen meist abweisenden Kommentar über die Geschehnisse ab und wanderte wieder weiter.

An manchen Abenden tagte das Fernsehgericht.

Als das Unglück von Lengede die gesamte Nation in Atem hielt, wohnten auch wir der Fernsehdirektübertragung bei. Wir bangten gemeinsam um die verschütteten Bergleute. Nach der geglückten Rettungsaktion tischte meine Mutter ihre Hausmarke auf.

Konrad Adenauer dankte ab, Erhard wurde neuer Bundeskanzler. Mein Bruder Reinhold ahmte Billy Mo nach und sang: »Ich kauf mir lieber einen Tirolerhut.«

Das alles geschah in dem Jahr, als der Winter den Bodensee zufrieren ließ.

Meine Großmutter saß gewiss am Tisch und schaute, wie immer bei derlei Ereignissen, ängstlich drein. Vielleicht würden die Kohlen knapp. Ein Wasserrohr könnte platzen. Die Blau und das Bläle sind eine einzige Eisdecke. Die Vögel vor dem Fenster erfrieren. Aber ich sehe nur den Bodensee und erkenne meine Tante Berta darauf. Und sie ist schwarzweiß.

Milde Sorte

Mein Vater war der Meinung, ich sollte den Beruf des Radio- und Fernsehtechnikers erlernen, denn der hätte zum einen Zukunft, zum anderen täte es der Familie gut, wenn man einen solchen Praktiker im Notfall gleich zur Hand hätte. Außerdem würde mir dadurch zugute kommen, was meinem Bruder Reinhold vor einigen Jahren mangels Lehrstelle verwehrt geblieben war. Der Bedarf an Radio- und Fernsehtechnikern war nun aber über Nacht geradezu sprunghaft gestiegen.

Obwohl ich mir sicher war, dass ich diesen Beruf nie und nimmer erlernen würde, wollte ich meinem Vater zuliebe darüber nachdenken. Aus diesem Grunde machte ich einen Spaziergang. Noch immer trieb es mich in die Jägerstraße zum Haus der Kurz Karin, auf die ich noch immer hoffte, obwohl der Bochtler Wolfgang, der einmal das Malergeschäft seines Vaters übernehmen würde, die weit besseren Chancen hatte. Aus Angst vor Herrn Hohenadel, ihrem Klassenlehrer, hatte sie inzwischen die Schule gewechselt. Da sie auch dort erst in die siebente

Klasse ging, hatte sie noch etwas Zeit mit der Zukunft. Für Mädchen war der Beruf ohnehin nur eine Übergangslösung.

Die meisten meiner Mitschüler waren bereits bei der Berufsberatung gewesen; einige hatten sogar schon Lehrverträge. Der Vögele Joachim hatte eine Lehrstelle in einem Möbelhaus bekommen, der Erdmann Manfred in einem Grafik-Büro. Weil der Mack Erich gut in Deutsch war, sollte er Schriftsetzer werden. Die Spreng-Zwillinge kamen beim Waffen-Honold unter, träumten aber eigentlich von einer Karriere als Posträuber. Dass der Maichel Bernd einmal Arzt werden würde, war klar. Weil er beim Krankenhaus wohnte, wurde er täglich daran erinnert.

Auch mir blieb der Weg zur Berufsberatung nicht erspart. Zum Glück begleitete mich meine Mutter dorthin. In diesen Angelegenheiten war sie mir noch immer eine Stütze. Wie dem Mack Erich, so schlug man auch mir vor, eine Schriftsetzerlehre zu absolvieren.

In Söflingen gab es die Druckerei Diebold, die sich vor allem auf die Herstellung von Trauerkarten spezialisiert hatte. Die Dame von der Berufsberatung machte mir die Stelle schmackhaft. Sie sagte, der Beruf hätte Zukunft. Buchhändler zu werden hielt sie dagegen für gewagt. Dennoch gab sie uns die

Adresse der größten Buchhandlung der Stadt, die im nächsten Jahr drei neue Lehrlinge einstellen wollte.

Meine Mutter rief von der Post aus bei der Buchhandlung an. Derart wichtige Gespräche wollte sie nicht über das Telefon meiner Tante Cilly abwickeln. Da meine Mutter die Sache dringlich machte, wurde ich bereits für die nächste Woche zu einem Vorstellungsgespräch eingeladen. Meine Mutter bedankte sich. Ich war froh, dass sie mich auch dorthin begleitete.

Warum ich damals ausgerechnet Buchhändler werden wollte, weiß ich nicht mehr genau. Es muss wohl ein innerer Impuls gewesen sein: der Beruf des Buchhändlers als der einzig erträgliche überhaupt. Später würde ich ohnehin ein Schriftsteller werden. Schließlich hatten auch Hermann Hesse und Heinrich Böll zunächst eine Buchhandelslehre absolviert. Später bekamen sie den Nobelpreis.

Einmal öffnete mein Vater das Gehäuse unseres Fernsehers, weil er noch immer hoffte, dass die Technik mich in ihren Bann ziehen würde. Das Innenleben des Geräts aber löste eine nur noch größere Verwirrung in mir aus. In diesem Gewirr aus Drähten und Kabeln würde ich mich niemals zurechtfinden. Die Literatur war zumindest überschaubar.

Mein Lehrer Willy Hein hatte mir von Hermann Hesse »Unterm Rad« geschenkt, die Geschichte des

Hans Giebenrath, der auf Betreiben seines ehrgeizigen Vaters für das traditionelle württembergische Landexamen ausgewählt wurde, welches er, trotz eines drohenden körperlichen Zusammenbruchs, als Zweitbester besteht; im Klosterseminar Maulbronn entwickelt er sich danach zum Musterschüler, bis er in der Freundschaft mit dem frühreifen, phantasievollen Hermann Heilner, einem angehenden Dichter, mit einer anderen Lebensform konfrontiert wird.

Die Geschichte rührte mich. Ich schrieb freiwillig einen Aufsatz darüber, einen ganzen Nachmittag lang, bis ich mich, wie Hans Giebenrath, am Rand eines körperlichen Zusammenbruchs befand. Auch mit »Tonio Kröger« konnte ich mich anfreunden, der Novelle von Thomas Mann, die mein Lehrer mir ebenfalls zugesteckt hatte, wohl in der Absicht, aus mir nicht einen verirrten Bürger zu machen, der das Künstlertum mit schlechtem Gewissen vor den bürgerlichen Vätern zu verbergen sucht.

Obwohl meine Mutter außer der Kundenzeitung der Metzgerei nur noch die Todesanzeigen las, präsentierte sie in der Buchhandlung meine Aufsätze und Referate über die große Literatur so überzeugend, als wären es, beiläufig gesagt, Fingerübungen. Die Namen Hermann Hesse und Thomas Mann gingen ihr dabei mit einer Leichtigkeit über die Lippen wie die Namen ihrer sechs Kinder.

Herr Hofmann war beeindruckt, er war beeindruckt, wie meine Mutter von mir beeindruckt war. Vielleicht war das der eigentliche Grund, warum er uns mit dem Gefühl entließ, dass ich mit einer positiven Entscheidung bald rechnen durfte.

Auf dem Heimweg ließ meine Mutter keine Gelegenheit aus, mich auf das neue Leben vorzubereiten. Sie eröffnete mir, dass Lehrjahre keine Herrenjahre seien, und zitierte Johann Mathesy, der bereits 1544 in seinem Sprachkommentar festgehalten hatte: »Lehrgeld muss jeder geben.« Da ihr die Literatur außerhalb der Metzgerzeitung verwehrt blieb, war ihr die Quelle des Zitats freilich unbekannt.

Am Abend traf ich mich mit dem Vögele Joachim und dem Erdmann Manfred. Beim Gassenschank der Mosterei Molfenter tranken wir eine Cola und beneideten uns gegenseitig um unsere Zukunft.

Da wir erwachsen werden sollten, begannen wir jetzt auch mit dem Rauchen. Mein Vater mahnte mich wegen der gesundheitlichen Schäden, gab mir im nächsten Moment aber Feuer. Er gestand, dass er im selben Alter mit dem Rauchen angefangen hatte. Dass ich ihm wenigstens in dieser Beziehung nacheiferte, berührte uns beide.

Die Zigarettenmarke, die der Vögele Joachim bei uns einführte, hieß »Milde Sorte« und war für den Einstieg genau richtig. Sie war so leicht, dass man sogar als Anfänger gleich auf Lunge rauchen konnte. Der Vögele Joachim, der immer genau wusste, was die Zukunft für ihn bereithielt, hatte das herausgefunden. Auch dass er die Nushöhr Luise in einigen Jahren heiraten würde, wusste er schon. Auf alle Möbel würden sie Prozente bekommen. Er betrachtete dies als wesentlichen Punkt seiner Werbung.

Die »Milde Sorte« löste unsere Friedenspfeife ab, auch nannten wir uns immer seltener bei unseren Karl-May-Namen. Was ebenfalls eine Folge des Erwachsenwerdens war. Noch immer las ich täglich bis Mitternacht. Wenn auch nicht mehr über Winnetou, Tangua und Nitropan Hauey. Ich musste mich um den Fänger im Roggen kümmern und um die Farm der Tiere. Um die Kinder von Gernika und um Panther, Tiger und Co. Ich nahm Teil an allem und jedem. Und war doch nicht erfüllt. Mir fehlten die Indianer.

Danksagung

Nachdem der erste Band meiner Kindheitserinnerungen, »Hennadäpper oder: Als die Wachter Hedwig den Regenwurm schluckte«, erschienen war, kam ich zu der Erkenntnis, dass sich meine Geschichten vor allem dazu eignen, längst verschollen geglaubte Personen wieder aufzuspüren. Widerstandslos ließen sie sich dann auch aus der Anonymität der Gegenwart locken. Ihrer Frage »Woisch no?« folgten Geschichten, die meiner Erinnerung auf die Sprünge halfen. Als Dank und Gegenleistung habe ich sie mit ins Personal dieser Geschichten aufgenommen.

Der Wachter Hedwig danke ich, dass sie mir den ersten Band verziehen hat, den neuen Geschichten zwar skeptisch, doch gespannt entgegenblickt. Der Familie Spreng danke ich, dass ich ihr Zwillinge andichten durfte, die, sehr entfernt, Ähnlichkeiten mit den realen Sprösslingen von damals aufweisen.

So sind auch diese Geschichten alle wahr und alle gelogen.

Ich danke all denen, die mit geduldiger Selbstironie durch diese Geschichten purzeln. Ich danke meinen Klassenkameraden und meinem Freund und Lehrer Willy Hein.

Vor allem aber danke ich meinen Geschwistern, ihnen ist dieses Buch gewidmet.

Manfred Eichhorn

Mehr über die Wachter Hedwig

Manfred Eichhorn: Hennadäpper

oder: Als die Wachter Hedwig den Regenwurm schluckte

Eine schwäbische Kindheit. Geschichten

Ein Band mit heiteren, nicht alltäglichen Erzählungen: Kindheits-Erlebnisse in einer schwäbischen Kleinstadt gegen Ende der Fünfzigerjahre.

Manfred Eichhorn berichtet vom Leben eines kleinen Jungen und seiner Spielkameraden, die in der »heilen« Welt eines süddeutschen Städtchens aufwachsen. Noch scheint alles am richtigen Platz zu sein. Die Straße ist voller Leben und man kennt alle Nachbarn. Mal fährt eines der Kinder in die Ferien zu seiner Tante an den Bodensee, mal geht es darum, wer sich traut, einen glitschigen, ekligen Regenwurm zu verschlucken. Eichhorns Geschichten sind humorvoll, manchmal fast satirisch erzählt, sie machen aber stets auch den Zeitgeist der Endfünfziger- und beginnenden Sechzigerjahre deutlich und berichten von den Vorstellungen und Werten dieser Zeit.

160 Seiten, fester Einband. ISBN 3-87407-541-9

Silberburg-Verlag

In Ihrer Buchhandlung · www.silberburg.de

Manfred Eichhorn: Das Schwäbische Paradies
Ein Mundartstück.
Nach Motiven von Franz von Kobell und Kurt Wilhelm

Zwanzig weitere Lebensjahre trotzt Jakob Stiegele dem Tod ab, als der ihn holen will. Mit einigen Viertele Weißherbst und einem Kartenspiel überlistet er den »Boinerkarle«. Doch als das Dorle, Stiegeles Enkelin, ums Leben kommt, wird im »Schwäbischen Paradies« offenbar, daß Jakob Stiegele schon seit drei Jahren »dort oben« sein sollte. Gelingt es dem Sensenmann, den Weingärtner und Fischer wenigstens »zur Probe« ins Paradies zu locken?

112 Seiten, 12 Aufführungsfotos, kartoniert. ISBN 3-87407-339-4

Manfred Eichhorn: Schwäbische Weihnachtsgeister
Ein Mundartstück nach Charles Dickens' berühmtester Weihnachtsgeschichte

Eberhard Bitterle glaubt nicht an Geister, schon gar nicht, wenn sie in Gestalt seines vor sieben Jahren verstorbenen Kompagnons Jakob Kromer erscheinen. Doch der Geist Kromers läßt sich nicht beirren. Seine Aufgabe ist es, drei Weihnachtsgeister anzukündigen: die Geister der vergangenen, der gegenwärtigen und der zukünftigen Weihnacht. Diese sollen aus dem hartherzigen Geizhals einen Menschenfreund machen.

80 Seiten, kartoniert. ISBN 3-87407-288-6

Manfred Eichhorn: Umsonschd isch dr Dod
Drei schwäbische Einakter

Im Volkstheater war der Tod ursprünglich so selbstverständlich wie im wirklichen Leben: Er gehörte einfach dazu. In neueren Mundart-Schwänken kommt er jedoch nicht mehr vor. Manfred Eichhorn schleppt ihn nun wieder an, in drei neuen schwäbischen Theaterstücken, die sich ebensogut zum Lesen wie zum Spielen eignen.

64 Seiten, kartoniert. ISBN 3-87407-271-1

Manfred Eichhorn: Bauraopfer
Ein schwäbisches Mundartstück in fünf ländlichen Bildern

Um König oder Dame zu schützen, opfert man einen Bauern. So lehrt es uns das Schachspiel. In diesem Mundartstück beherzigen die Politiker und Grundstücksspekulanten dieselbe Strategie.

80 Seiten, kartoniert. ISBN 3-87407-366-1

Mehr von Manfred Eichhorn

Manfred Eichhorn: Wenn's draußa langsam dunkel wird
Ein schwäbisches Weihnachtsbuch

Manfred Eichhorn hat neue Geschichten, Gedichte, Lieder und Sketche geschrieben, die an die Fest-, Feier- und Gedenktage zwischen Martini und Lichtmess anknüpfen. Manchmal klingen die Glöckchen, manchmal donnern die Glocken: Zärtlich-heitere, aber auch kritische Töne werden angestimmt, manches ist satirisch, ja schwäbisch-grob, manches wird nostalgisch verklärt.

160 Seiten, 41 Zeichnungen von Uli Gleis, fester Einband. ISBN 3-87407-393-9

Manfred Eichhorn: Der Spatz auf dem Dach

Wer kennt sie nicht, die wegweisende Tat eines Spatzen in der Münsterstadt Ulm? Angeleitet durch ihren gefiederten Kollegen konnten die Fuhrleute und Baumeister die großen Holzbalken durch das Stadttor zur Münsterbaustelle bringen – sonst stünde der höchste Kirchturm der Welt sicher nicht in Ulm. Manfred Eichhorn bettet die Ulmer Spatzensage in eine spannende Geschichte ein, in der weder Glück und Leid, Herz und Schmerz noch Politik und Intrigen fehlen.

64 Seiten, 14 Zeichnungen von Walter Mödl, fester Einband. ISBN 3-87407-516-8

Manfred Eichhorn: Sperrsitz mit Programm
Schwäbische Sketsche

Viel gesucht und häufig gefragt: Kurze Spielstücke für verschiedenste Gelegenheiten. Die Grundstimmung ist mal übermütig, mal melancholisch. Nie aber sind die Sketsche »billig« oder nur oberflächlich. Und immer sind sie theaterwirksam, selbst wenn die Ecke des Vereinsheims oder das Wohnzimmer des Jubilars die Bühne abgibt.

160 Seiten, fester Einband. ISBN 3-87407-344-0